Jens Kuprat

Die Chronik der Unsicht-baren

AF191802

© 2025 Jens Kuprat
Verlag: BoD · Books on Demand GmbH, Überseering 33, 22297 Hamburg, bod@bod.de
Druck: Libri Plureos GmbH, Friedensallee 273, 22763 Hamburg
ISBN: 978-3-8192-3119-3

MIX
Papier aus verantwortungsvollen Quellen
Paper from responsible sources
FSC® C105338

Inhaltsverzeichnis

Vorwort

Letzte Aufzeichnungen aus dem Dunkel

Anmerkung: Alle Personen, Organisationen und Ereignisse in diesem Werk sind frei erfunden. Jede Ähnlichkeit mit realen Begebenheiten ist unbeabsichtigt und zufällig. Die Wahrheit – falls es sie gibt – liegt tiefer. Und gefährlicher.

Datum unbekannt. Ort unbekannt. Vielleicht der letzte Eintrag.

Sie werden diese Zeilen finden. Oder sie werden sie nicht finden. Es spielt keine Rolle mehr. Das Licht der Lampe hier in diesem Gewölbe flackert wie eine sterbende Seele. Der Stift zittert in meiner Hand – nicht vor Alter, sondern vor der Last dessen, was ich weiß. Vor der Last dessen, was *ich nicht weiß*. Das ist der wahre Fluch.

Geheimnisse. Man stellt sie sich vor wie Juwelen. Glatt. Hart. Funkelnd in ihrer Vollkommenheit. Ein Besitz, den man bewacht. Ein Schatz, den man hortet. Was für ein kindlicher Irrglaube. Geheimnisse sind wie lebendiges Gewebe. Sie wuchern. Sie bluten. Sie infizieren alles, was sie berühren. Sie verformen den

Geist, der sie trägt, wie Wasser über Jahrtausende Stein aushöhlt. Man wird nicht ihr Hüter. Man wird ihr Gefäß. Ihr Sarg.

Macht. Das Wort klingt nach Marmorsälen, nach goldenen Zeptern, nach Befehlen, die in die Geschichte donnern. Eine Illusion. Die wahre Macht ist unsichtbar. Sie ist das Rauschen im Hintergrund, während das Orchester spielt. Sie ist die Hand, die den Vorhang zieht, während das Publikum auf die Bühne starrt. Sie ist die Stille zwischen den Herzschlägen. Seit… *wie lange*? Seit die erste Lüge als Wahrheit verkauft wurde? Seit der erste Mensch glaubte, er herrsche, während unsichtbare Fäden an seinen Gliedern zogen?

Jahrtausende. Das ist nur ein Wimpernschlag. Ein Atemzug in der Lunge dessen, was wirklich *ist*. Wir – Könige, Kaiser, Präsidenten, Oligarchen – wir sind Statisten. Marionetten, deren Schnüre in Schichten verlaufen, die tiefer liegen als die tiefsten Ozeangräben. Dunkler als das Schwarze zwischen den Sternen. Man nennt sie Logen. Orden. Bruderschaften. Namen wechseln. Rituale ändern sich. Das vergossene Blut bleibt rot. Die Gier, die sie antreibt, bleibt dieselbe. Aber selbst sie… selbst die eisigen Herren des Schattenrats, die in ihren unzugänglichen Refugien die Kriege planen und die Märkte lenken… *sind sie nur die nächste Schicht der Marionette*?

Es gibt einen Grund, warum die Wahrheit über das Alter dieser Welt begraben liegt. Warum jede Zivilisation, die dem Ursprung zu nahe kam, in Flammen und Fluten versank. Warum die Steine von Göbekli Tepe schweigen. Warum die Karten der alten Seefahrer verbrannt wurden. Warum die Bibliothek von Alexandria lichterloh brannte. Nicht aus Ignoranz. Aus *Angst*. Das *Chaos*. Nicht Unordnung. Nicht Wahnsinn. Der *Urzustand*. Der ungefilterte, ungezähmte Strom des Seins, bevor die ersten Wände errichtet wurden. Bevor die ersten Karten gezeichnet wurden. Bevor die ersten Götter erfunden wurden, um das Unfassbare zu erklären – und zu bändigen. Die Mächtigen fürchten das Chaos mehr als den Tod. Denn der Tod ist ein Ende. Das Chaos… das Chaos ist ein *Neuanfang*. Ein Reset. Eine Rückkehr zu dem, was war, bevor die Puppenspieler die Bühne betraten. Bevor sie die Illusion von Kontrolle webten.

Ich habe die Fäden gespürt. Ich habe sie gezählt in den Archiven vergessener Katakomben unter Rom. Ich habe sie gerochen im Staub mesopotamischer Tontafeln, die von Dingen erzählen, die kein Mensch wissen sollte. Ich habe sie *geschmeckt* – metallisch und alt wie die Erde selbst – im Blut, das auf den Altären ungenannter Tempel vergossen wurde. Sie ziehen durch die Bankhäuser von Zürich und die Kriegsräume Washingtons. Sie verknüpfen den Goldschmuggel in

Marokko mit den Ölquellen Omans. Sie verbinden das Lachen der Diplomaten in Dresden mit den Schreien der Verschwundenen in der Wüste Fuerteventuras. Ein Netz. Ein Krebsgeschwür. Ein Spinnennetz aus Licht und Finsternis, das den gesamten Planeten umspannt. Und wir? Wir sind die Fliegen.

Die Last des Wissens ist kein Privileg. Es ist ein Todesurteil. Es ist das Gefühl, den Boden unter den Füßen zu verlieren und in einen Abgrund zu stürzen, dessen Tiefe niemand kennt. Es ist das Erkennen, dass jede Geschichte, die dir erzählt wurde, eine Lüge ist. Jede Gewissheit, Sand im Wind. Jede Liebe… ein möglicher Hebel in den Händen derer, die im Dunkeln ziehen.

Manchmal, in den stillsten Stunden, wenn das Gewicht fast zu groß wird, frage ich mich: Was wäre, wenn ich nichts gewusst hätte? Wenn ich in der Illusion gelebt hätte? Glücklich. Blind. Ein gut dressiertes Tier in seinem Käfig. Es wäre einfacher. Sanfter. Aber wäre es *Leben*? Oder nur ein langes, träges Sterben?

Sie kommen. Ich höre ihre Schritte im Gang. Nicht die schweren Stiefel der Soldaten. Nein. Leise. Präzise. Wie Schatten, die über Stein gleiten. Die *anderen*. Die, deren Namen man nicht ausspricht. Die, die für die Puppenspieler die Knoten durchschneiden. Die das gefährliche Wissen ausmerzen.

Ich schreibe diese Worte nicht als Warnung. Warnungen sind nutzlos. Der Appetit der Wahrheitssucher ist unstillbar. Ihr Mut ist ihr Untergang. Ihr Verstand, ihr Gefängnis. Ich schreibe sie als ein Zeugnis. Ein Echo in der Stille. Ein Kratzer an der Wand der Geschichte, bevor der Putz kommt und alles übertüncht. Vielleicht findet es jemand. Vielleicht liest du es. Vielleicht hältst auch du plötzlich inne und spürst den kalten Schatten, der über deine eigene Wahrheit fällt.

Und dann stellst du dir die eine, beunruhigende Frage:

Was tun, wenn man entdeckt, dass die Welt nur eine Bühne ist – und die wahren Regisseure im Dunklen stehen, seit bevor die erste Geschichte erzählt wurde?

Die Lampe flackert stärker. Das Öl ist fast alle.

Der Stift fällt mir aus der Hand.

Sie sind da.

Unterschrift unleserlich. Ein Rostfleck? Oder etwas anderes?

Auf dem Papierrand, zerknüllt und hastig geschrieben:

Sie sind älter als die Steine. Älter als das Meer. Sie warten. Sie beobachten. Und sie fürchten nur eines: Das Chaos erwacht. Finde die Fragmente. Oder lass es sein. Dein Herzschlag zählt bereits.

PROLOG: DIE STILLE IN DEN STEINEN

Dresden, Frauenkirche – ein kalter Mittwoch im November, tief in der Nacht.

Der Stein atmete. Das war Leo Adlers erster, absurder Gedanke, als er die schwere Eisentür hinter sich ins Schloss fallen ließ. Nicht die feuchte Kühle alter Gewölbe. Nicht der modrige Geruch von Erde und vergessenem Holz. Nein. Es war ein… *Pulsen*. Ein unhörbares Vibrieren, das sich durch die Sohlen seiner Lederschuhe fraß und ihm bis in die Knochen kroch. Hier unten, in den verbotenen Katakomben unter dem monumentalen Kuppelbau der Frauenkirche, war die Stille keine Abwesenheit von Klang. Sie war eine eigene, drückende Substanz. Eine Substanz, die jetzt zu leben schien.

Leo zögerte. Seine Hand zitterte leicht, als er die Stirnlampe höher schob. Der schmale Lichtkegel schnitt durch das schwere Dunkel des Korridors, der vor ihm in den Bauch der Stadt tauchte. Die Wände waren rohes Mauerwerk, grob behauener Sandstein, den Generationen von Feuchtigkeit und Vernachlässigung mit schwarzen Adern durchzogen hatten. An einen unbekannten Ort tropfte Wasser – ein monotoner, unheilvoller Herzschlag in der Stille. *Was zum Teufel machst du hier, Leo?*

Er wusste es. Ehrgeiz. Dummheit. Die naive Überzeugung des Neulings. Leo Adler, 38, Architekt mit einem Faible für verschüttete Geschichte und frisch aufgenommener Bruder der Dresdner Freimaurerloge "Zu den drei Schwertern" im bescheidenen Grad des Lehrlings. Die Loge, respektabel, wohltätig, ein Netzwerk honoriger Bürger. Doch es gab Gerüchte. Geflüster über ältere, tiefere Schichten. Über Archive, die nicht für jeden Grad bestimmt waren. Über die *Wächterloge*. Und Leo, getrieben von einer Mischung aus Forscherdrang und dem Wunsch, endlich dazuzugehören, hatte sich von einem älteren, betrunkenen Bruder am Rande eines Festbanketts den Hinweis auf diesen Zugang entlocken lassen. "Unter dem Hauptaltar, hinter dem Stein mit dem gebrochenen Rad. Aber lass es, Junge. Da unten liegt nichts für uns." eine Warnung, die wie eine Einladung klang.

Mit einem entschlossenen Ruck schob Leo die letzte Spur Zweifel beiseite. Er war hier. Er würde sehen. Vielleicht fand er ja nur staubige Rechnungsbücher aus dem 18. Jahrhundert. Oder leere Weinfässer. Das Pulsieren in den Steinen war wahrscheinlich nur das dumpfe Echo des nächtlichen Stadtverkehrs, der irgendwo hoch über ihm durch die Straßen Dresdens rollte. Oder sein eigener aufgeregter Puls.

Er ging weiter. Der Gang senkte sich leicht, schlängelte sich zwischen massiven Pfeilern hindurch, die wie erstarrte Riesen das Gewicht der Kirche über ihnen trugen. Die Luft wurde noch kühler, schwerer. Die Tropfen klangen lauter. Seine Lampe fing gespenstische Schatten ein, die an den Wänden tanzten, als er sich bewegte. Plötzlich teilte sich der Weg. Links führte ein niedrigerer, fast zugemauerter Durchgang ins absolute Dunkel. Rechts ging es weiter, breiter, offener. Ein schwacher, warmer Luftzug strömte ihm von rechts entgegen. Und mit ihm kam etwas anderes. Ein Geruch. Nicht Moder. Nicht Erde. Etwas Metallisches. Kupfer? *Blut?* Nein. Älter. Trockener. Wie Rost, aber mit einer scharfen, elektrischen Note. Und untergründig, kaum wahrnehmbar, ein kaum hörbares Summen, tief, als würde die Erde selbst brummen. Instinktiv folgte er dem Luftzug nach rechts. Der Gang mündete in eine unregelmäßig geformte Kammer, vielleicht fünf Meter im Durchmesser. Die Decke war niedrig, gewölbt. An den Wänden standen verstaubte Holzkisten, einige zerbrochen, ihr Inhalt – verrottetes Tuch, brüchige Papiere – verstreut. Doch in der Mitte der Kammer ragte etwas aus dem Boden, das nicht hierher gehörte. Ein Block. Kein grob behauener Sandstein wie die Wände, sondern dunkles, fast schwarzes

Gestein, glatt poliert, wie Obsidian, aber undurchsichtig. Es war rechteckig, etwa einen Meter hoch und halb so breit. Auf seiner Oberfläche waren Symbole eingraviert – keine Buchstaben, die Leo kannte, keine bekannten freimaurerischen Zeichen. Sie waren fremdartig, fließend, wie eingefrorene Wellen oder verzerrte Sternenkarten. Sie schienen zu *schimmern*. Nicht im Licht seiner Lampe, sondern aus sich heraus. Ein fahles, grünliches Pulsieren, das mit dem Vibrieren im Steinboden synchron zu sein schien.

Das Metallische in der Luft war hier stärker. Das Summen lauter. Leo spürte, wie sich die Haare in seinem Nacken aufstellten. Ein leichter Schwindel überkam ihn. Das war kein Lagerraum. Das war… etwas anderes. Etwas, das nicht gefunden werden sollte. Vorsichtig, mit angehaltenem Atem, trat er näher. Die Gravuren auf dem Steinblock waren unglaublich fein. Sie schienen sich unter seiner Betrachtung zu bewegen, zu verändern. Eine optische Täuschung musste es sein. Verursacht durch das schwankende Licht seiner Lampe und seine eigene Anspannung. Er hob die Hand, zögerte, berührte dann vorsichtig die kühle Oberfläche des Steins.

Ein Schock fuhr durch ihn. Kein elektrischer, sondern ein *sensorischer*. Ein Rauschen brach in seinem Kopf los – keine Geräusche, sondern *Bilder*. Flüchtig, chaotisch, unerträglich.

Ein sternenloser, violettfarbener Himmel über einer zerklüfteten Landschaft aus schwarzen Kristallen. Ein Meer aus kochender Lava, in dem sich gigantische, nicht menschliche Schatten bewegten. Ein Symbol, das dem auf dem Stein ähnelte, aber in schmerzhaft grellem Rot leuchtend, eingebrannt in seiner Netzhaut. Und dann – Stille. Eine so absolute, eiskalte Stille, dass sie wie ein physischer Schlag traf. Und in dieser Stille, ein *Wissen*. Nicht in Worten. Ein dumpfes, erschütterndes Gewahr werden: *das ist älter. Älter als alles. Älter als die Steine. Älter als die Sterne. Und es war nie vergessen. Nur verborgen.*

Leo riss die Hand zurück, als hätte er sich verbrannt. Sein Herz hämmerte gegen seine Rippen. Schweiß brach ihm auf der Stirn aus, kalt und klebrig. Er stolperte einen Schritt zurück, stieß gegen eine Kiste, die mit einem dumpfen Knall umfiel. Der Lärm hallte scharf in der engen Kammer wider, ein Sakrileg in der erdrückenden Stille.

Chaos Primus. die Worte schossen ihm durch den Kopf, ungerufen, bedeutungslos und doch vollkommen klar. Ein Name? Eine Warnung? Ein Schlüssel?

Panik, roh und unverfälscht, packte ihn. Er musste hier raus. Jetzt. Das war kein Geheimnis für Lehrlinge. Das war kein vergessenes Archiv. Das war eine Tür. Eine Tür, die besser geschlossen blieb. Und er hatte sie angefasst.

Er wirbelte herum, stürzte zurück in den Gang. Das Pulsieren in den Steinen fühlte sich jetzt nicht mehr wie Vibration an, sondern wie ein *Drohen*. Das Summen war zu einem tiefen Grollen angewachsen, das in seinen Zähnen sägte. Die Luft schien zu vibrieren, schwer wie Quecksilber. Seine Lampe flackerte, warf verzerrte Schatten, die wie kriechende Kreaturen an den Wänden hochjagen.

Plötzlich – ein Geräusch. Nicht das Tropfen. Nicht sein Atem. *Schritte.* hart, präzise, unerbittlich. Von vorn. Vom Hauptgang her. Zu schnell, um zufällig zu sein. Zu zielgerichtet.

Sie wussten, dass er hier war.

Leo erstarrte. Sein Blut gefror in seinen Adern. Die Schritte kamen näher. Nicht einer. Zwei. Drei? Sie klangen nicht wie die schweren Stiefel der Polizei oder des Kirchendienstes. Leiser. Gleitender. Wie Klingen, die über Stein geschliffen wurden. Effizient. Tödlich.

Ordo Tempestatis. der Name kam aus dem Nichts, gespeist von dem flüchtigen Wissen, das der schwarze Stein in ihn gebrannt hatte. Die Sturmtruppen der wahren Macht. Die Säuberer.

Panik überwältigte ihn. Er drehte sich um und rannte zurück, weg von den Schritten, tiefer in das Labyrinth. Nicht nach rechts, zum Ausgang, sondern nach links, in den niedrigen, fast zugemauerten Durchgang, den er vorhin ignoriert hatte. Er musste sich ducken, fast

kriechen. Der Gang war eng, verengte sich weiter, sch-
abte an seinen Schultern. Staub rieselte auf ihn herab.
Hinter sich hörte er die Schritte abrupt anhalten. Eine
flüsternde Stimme, kalt, ohne Betonung. Ein Befehl?
Dann – ein leises Klicken. Metall auf Metall. Waffen?
Leo stolperte vorwärts, gepeinigt von Angst und der
drückenden Enge. Sein Atem kam in keuchenden
Stößen. Der Gang endete abrupt in einer kleinen, runden Kammer, kaum größer als ein Besenschrank.
Sackgasse. Die Wände waren glatt, ohne Nischen,
ohne Ausweg. Nur eine zerbrochene Holzleiter, die in
eine schwarze Öffnung in der niedrigen Decke führte –
ein alter Luftschacht oder Abfluss, zu eng, um
durchzukriechen. Eine Falle.
Er presste sich gegen die kühle Wand, versuchte,
seinen Atem zu kontrollieren. Seine Hände suchten
verzweifelt nach einem losen Stein, einer Waffe,
nach irgend etwas. Nichts. Nur glatter, feuchter Fels.
Das Pulsieren war hier stärker denn je, ein hämmernder Rhythmus, der mit seinem rasenden Herzschlag
verschmolz. Das metallische Summen hatte sich zu
einem hohen, schrillen Pfeifen gesteigert, dass ihm in
den Ohren wehtat.
Die Schritte näherten sich dem Eingang der Sackgasse.
Langsam. Absichtlich. Ein Jäger, der weiß, dass seine
Beute in der Falle sitzt. Leo sah den Schatten zuerst –

lang, verzerrt, der sich über den Boden des engen Ganges vorarbeitete. Dann tauchte die Gestalt auf. Ein Mann. Groß, schlank, in einem makellosen, anthrazitfarbenen Anzug, der irgendwie gänzlich unpassend und doch beängstigend richtig in dieser unterirdischen Hölle wirkte. Sein Gesicht war schmal, kalt, die Haut blass wie Wachs. Keine Falte der Anstrengung, kein Funke von Emotion in den dunklen Augen, die Leo mit der gleichgültigen Präzision eines Scharfrichters musterten. Die Augen waren das Schlimmste. Sie waren nicht böse. Sie waren *leer*. Wie zwei Stücke polierten Obsidians. In einer Hand hielt er kein Gewehr, sondern etwas, das wie ein kurzer, schwarzer Metallstab aussah, an dessen Ende ein kleiner, blauer Kristall pulsierte. Kein Laser. Etwas anderes. Etwas Schlimmeres.

Ein zweiter Mann erschien hinter dem ersten, ähnlich gekleidet, ähnlich ausdruckslos. Ein Dritter blieb im Gang zurück, Wache haltend.

"Leo Adler," sagte der erste Mann. Seine Stimme war ein leises Zischen wie trockene Blätter auf einem Stein. Akzentfrei. Klinisch sauber. "Grad des Lehrlings. Loge 'Zu den drei Schwertern'. Unbefugter Zutritt zu Archivsektor Theta-Epsilon." Es war keine Frage. Es war ein Urteil.

Leo rang nach Luft. "Ich… ich bin verloren gegangen. Ich wollte nur…"

"Sie haben den Stein berührt." Die Unterbrechung war scharf wie ein Messer. "Sie haben das Siegel gelüftet. Das Wissen ist kontaminiert." Der Mann hob den Metallstab leicht an. Der blaue Kristall flackerte auf, warf gespenstische Lichtpunkte an die engen Wände. "Standardprotokoll: Auslöschung der Kontamination. Tilgung des Wissens."

Leo spürte, wie seine Knie nachgaben. "Nein! Bitte! Ich habe nichts gesehen! Nichts verstanden!" Die Lüge brannte auf seiner Zunge. Er hatte etwas gesehen. Etwas Unauslöschliches.

"Das Wissen ist nicht im Verstand allein, Adler,,zischte der Mann. "Es ist im Fleisch. Im Blut. Im Schatten, den Sie werfen." Er machte einen kleinen Schritt vorwärts. Der Raum war so eng, dass Leo seinen metallischen, ozonartigen Geruch roch. "Das Chaos darf nicht erwachen. Die Ordnung muss gewahrt bleiben. Seit Anbeginn."

Das war ihre Religion. Ihre Rechtfertigung. Leo sah keinen Ausweg. Keine Gnade in diesen toten Augen. Nur den kalten, unpersönlichen Vollzug eines Dekrets, das älter war als die Kirche über ihnen. Älter als die Stadt. Älter als alles, was er je gekannt hatte.

Mit einem Schrei, der aus tiefster Verzweiflung und purer Todesangst geboren war, stürzte sich Leo nach vorn. Nicht auf dem Mann mit dem Stab, sondern zur Seite, gegen den zweiten Mann, der den Gang blockierte. Es war keine sinnvolle Taktik. Es war der letzte, animalische Reflex eines in die Enge getriebenen Wesens.

Er kam nie an. Der erste Mann bewegte sich mit einer Geschwindigkeit, die unmenschlich schien. Ein kurzes, präzises Ausstrecken des Arms. Der Metallstab berührte Leo kurz an der Schläfe.

Es fühlte sich an, als würde sein Schädel explodieren. Nicht mit Schmerz, sondern mit einer absoluten, weißen Leere. Ein Vakuum, das alles Licht, allen Klang, allen Gedanken verschlang. Er sah keine Bilder mehr. Er fühlte nichts. Nicht einmal Angst. Nur diese alles auslöschende, eiskalte Leere. Sein Körper verkrampfte sich, ein steifes Brett, das nach hinten kippte. Er schlug hart auf den unebenen Steinboden auf. Sein Kopf knallte gegen eine hervorstehende Kante.

Dann war nur noch das tiefe, dröhnende Pulsieren der Steine. Und das hohe, schrille Pfeifen, das nun in seinem eigenen Kopf zu sitzen schien.

Der Mann mit dem Stab betrachtete seinen handlungsunfähigen Körper mit derselben leeren Aufmerksamkeit, mit der er ein Laborpräparat untersucht hätte. "Vitalfunktionen kollabierend. Schädel-Hirn-Trauma durch Sturz. Ausreichend." Er senkte den Stab. Der blaue Kristall erlosch. "Herrichten."

Der zweite Mann trat vor. Er zog dünne, durchsichtige Handschuhe über. Mit effizienten, routinierten Bewegungen arrangierte er Leos Gliedmaßen in eine unnatürliche Position, als sei er über eine Kiste gestolpert. Er zerriss Leos Hemd am Ärmel, rieb etwas dunkle, erdige Substanz auf die Stelle, wo der Stab ihn berührt hatte – keine Brandwunde, nur eine winzige, rote Pustel, die schnell verblasste. Er nahm Leos Taschenlampe, warf sie einige Meter entfernt in eine Ecke, wo das Glas zersprang. Dann griff er in eine Tasche und holte eine kleine, mit klarer Flüssigkeit gefüllte Ampulle hervor. Er brach sie auf und träufelte ein paar Tropfen auf Leos Lippen. Ein süßlicher, chemischer Geruch breitete sich aus. Schnaps? Gift? Etwas, das später wie Alkohol im Blut erscheinen würde.

"Unfallkonstruktion abgeschlossen," meldete der zweite Mann mit derselben tonlosen Stimme. "Verletzungen konsistent mit Sturz in unbekanntem Gelände unter Alkoholeinfluss. Keine Spuren unserer Präsenz."

Der erste Mann nickte kaum merklich. Seine Augen glitten noch einmal über Leo, dessen Atem jetzt flach und röchelnd ging, dessen Augen starr ins Dunkel starrten. Dann wandte er sich ab. "Das Siegel ist destabilisiert. Initiiere das Protokoll 'Schweigen'. Lösche alle physischen und digitalen Spuren von Zugang Theta-Epsilon. Die Loge wird informiert, dass der Lehrling

Adler gegen die Regeln verstoßen hat und tragisch zu Tode kam. Sie werden schweigen."

Er ging, ohne sich umzusehen. Seine Schritte waren wieder unhörbar. Der zweite Mann folgte ihm. Der Dritte im Gang wartete, bis sie vorbei waren, dann verschwand er ebenfalls in der Dunkelheit.

Leo lag allein in der kleinen Kammer. Das weiße Licht in seinem Kopf wich langsam einer schwarzen, sich ausbreitenden Kälte. Das Pulsieren der Steine war jetzt ein fernes Hämmern, das mit seinem langsamer werdenden Herzschlag verschmolz. Das hohe Pfeisen verebbte zu einem Summen, dann zu einem Flüstern.

In seinem sich auflösenden Bewusstsein tauchte ein letztes Bild auf: nicht der violette Himmel oder die Lavameere. Sondern das Symbol auf dem schwarzen Stein. Das fließende, fremdartige Zeichen. Es leuchtete kurz, grell und schmerzhaft, in seinem Geist auf.

Chaos Primus.

Dann brach das Licht zusammen. Die Kälte erfasste ihn vollständig. Das Letzte, was er hörte, war nicht das Tropfen des Wassers, sondern das leise, abschließende *Klick* einer weit entfernten Eisentür, die ins Schloss fiel. Und die Stille, die danach zurückblieb, war endgültig. Die Stille der Steine. Die Stille derer, die seit jeher wussten, wie man Geheimnisse für immer begräbt.

***

(Zwei Stunden später)

Das Blaulicht des Streifenwagens malte gespenstische Muster auf die feucht glänzenden Pflastersteine des Neumarkts. Die gewaltige Kuppel der Frauenkirche ragte gegen den nebligen Nachthimmel, ein Monument des Wiederaufbaus, das nun über einem neuen Schrecken wachte. Polizeiabsperrungen hielten eine kleine Gruppe Nachtbummler und neugieriger Anwohner fern. Ein Krankenwagen stand mit ausgeschaltetem Motor da, seine Türen offen, eine leere Trage drinnen, ein stummer Beweis für die Endgültigkeit der Situation.

Ben Adler stand am Rand des Absperrbandes. Sein Gesicht war eine Maske aus Schock und ungläubigem Schmerz, die nur durch die tiefen Schatten unter seinen Augen gebrochen wurde. Er trug eine schwarze Lederjacke über einem zerzausten Hemd. Er war direkt aus dem Flieger gekommen, aus einem schmutzigen Auftrag an einem unbekannten Ort im Baltikum. Die Nachricht hatte ihn in der Luft erreicht: *Leo. Unfall. Frauenkirche. Tot.*

"Ben." Ein Mann in einem beigefarbenen Trenchcoat trat durch das Absperrband. Kommissar Drescher, ein Kollege aus Bens früheren Tagen beim BND, bevor… alles schiefgelaufen war. Sein Gesicht war ernst, seine Augen müde. "Es tut mir leid. Wirklich."

"Was ist passiert, Klaus?" Bens Stimme war rau, als hätte er Sand geschluckt. Er starrte auf den Nebeneingang der Kirche, flankiert von zwei uniformierten Polizisten. Von dort hatten sie Leos Leiche vor nicht einmal einer Stunde herausgetragen. In einem schwarzen Sack.

Drescher seufzte. "Soweit wir es rekonstruieren können, Leo war heute Abend hier. Offenbar… privat. Vielleicht wollte er etwas für die Loge nachschauen? Wir wissen es nicht genau. Die Sicherheitssysteme der öffentlichen Bereiche waren nicht verletzt. Aber er muss in einen nicht zugänglichen Bereich gekommen sein. Die Keller. Alte Gewölbe, instabil, teilweise einsturzgefährdet." Der Kommissar rieb sich die Schläfen. "Wir haben ihn unten gefunden. In einer Sackgasse. Schädelbasisbruch. Wahrscheinlich ist er im Dunkeln gestolpert, gegen eine Mauer geknallt…" Er zögerte. "Es gab… Hinweise auf Alkohol. Eine leere Schnapsflasche lag in der Nähe. Und sein Atem…"

"Leo hat nicht getrunken!" fuhr Ben ihn an, die Maske des Schocks für einen Moment von glühendem Zorn durchbrochen. "Nicht so. Nicht *hier*. Das ergibt keinen Sinn!"

Drescher hob beschwichtigend die Hände. "Ben, ich weiß. Es ist schrecklich. Unfassbar. Aber die Spuren… sie sind eindeutig. Ein tragischer Unfall. Ein dummes, vermeidbares Pech." Er legte Ben eine Hand auf die

Schulter, die dieser sofort abwarf. "Die Kirche ist geschockt. Die Loge auch. Sie betonen, dass Leo nicht beauftragt war, hier unten zu sein. Ein bedauerlicher Regelverstoß mit tödlichem Ausgang."

Ben starrte ihn an. In Dreschers Augen lag Mitleid. Bedauern. Aber auch eine erschreckende Gewissheit. Die Gewissheit der offiziellen Geschichte. *Unfall. Alkohol. Tragödie.* Ein sauberes Narrativ. Zu sauber.

Sein Blick wanderte zurück zur düsteren Fassade der Frauenkirche. Hinter diesen Steinen, in den kalten, vergessenen Eingeweiden der Stadt, war sein Bruder gestorben. Leo, der Idealist. Derjenige, der immer noch an das Gute in den Strukturen glaubte. Der von "höherem Wissen" und "Brüderlichkeit" schwadroniert hatte. Was hatte er dort unten gesucht? Was hatte er *gefunden*, das diesen "Unfall" nötig machte?

Das Pulsieren, das Leo gespürt hatte, war für Ben nicht fühlbar. Aber etwas anderes war da. Eine eisige Kälte, die nicht vom Novemberwind kam. Eine Ahnung von etwas Ungeheurem, das sich unter der Oberfläche der sächsischen Ordnung und des freimaurerischen Rituals verbarg. Ein Geheimnis, das töten konnte.

Seine Faust ballte sich in der Tasche seiner Jacke. Die Maske des Schmerzes verhärtete sich zu etwas Neuem: eisiger, gefährlicher Entschlossenheit. *Unfall?* das glaubte er nicht. Leo war vielen Dingen, aber nie unvorsichtig. Und nie ein Trinker.

"Wo genau?", fragte Ben, seine Stimme jetzt ein gefährliches Flüstern. "Wo genau habt ihr ihn gefunden, Klaus?"

Drescher zögerte, sah ihn besorgt an. "Ben… lass es. Es bringt nichts. Es ist vorbei."

"WO?!" Die Frage war ein Schlag.

Der Kommissar seufzte erneut, geschlagen. "Tief unten. Hinter dem Hauptaltarbereich. In einem alten Versorgungskeller. Sie nennen es Archivsektor… Theta-Epsilon. Aber es gibt da nichts, Ben. Nur Staub und Steine."

Archivsektor Theta-Epsilon. die Worte brannten sich in Bens Gedächtnis. Neben dem dumpfen Schmerz um seinen Bruder entzündete sich ein kleiner, eiskalter Punkt. Ein Verdacht. Eine Herausforderung. *Chaos Primus*, hätte Leo gesagt. Der erste Wirbel. Der Anfang von allem.

Ben Adler drehte sich abrupt um und stieß durch das Absperrband zurück auf den menschenleeren Platz. Er ging nicht weg. Er ging auf die riesige, geschlossene Holztür der Frauenkirche zu. Sein Schatten, lang und scharf im Blaulicht, kroch ihm voraus wie ein dunkler Vorläufer. Sein Blick war nicht mehr auf den Kommissar oder die Polizei gerichtet, sondern auf die steinerne Masse des Gebäudes. Auf das Geheimnis, das sie verschluckt hatte.

Die Stille der Steine hatte Leo Adler gebrochen. Für Ben Adler war sie gerade erst gebrochen worden. Und das Rauschen, das er jetzt hörte, war nicht das Blut in seinen Ohren. Es war das Rauschen der Jagd. Sie hatte begonnen. Tief unter den Steinen von Dresden.

SCHATTEN ÜBER DER ELBE

Dresden, drei Tage nach Leos Tod

Der Regen prasselte gegen die Scheiben von Kommissar Dreschers Büro im Polizeipräsidium Dresden. Er klang wie ein endloser, gleichgültiger Vorhang, der die Welt draußen verschluckte. Drinnen roch es nach abgestandener Luft, starkem Kaffee und der resignierten Melancholie von Papierbergen, die niemals kleiner wurden.

Ben Adler saß dem Kommissar gegenüber. Seine Hände lagen ruhig auf den Knien, aber unter der Oberfläche brodelte es. Die letzten drei Tage waren ein Albtraum aus bürokratischen Mühlen, bedeutungsschwerem Schweigen und der nagenden Gewissheit, dass die offizielle Geschichte ein faules Konstrukt war. Leo, betrunken und tollkühn in verbotenen Katakomben? Leo, der seinen Wein maß wie ein Chemiker und Risiken hasste wie die Pest? *Unfug.*

"Ben, ich verstehe deine Skepsis," Drescher seufzte und schob eine dünne Akte über den Tisch. "Hier. Der vorläufige Abschlussbericht. Toxikologie bestätigt eine signifikante Alkoholkonzentration. Blutspuren und Sturzspuren konsistent mit einem schweren Aufprall gegen eine Steinleiste. Keine Anzeichen von

Fremdeinwirkung. Kameras im öffentlichen Bereich zeigen ihn allein, gegen Mitternacht, scheinbar orientierungslos. Es passt alles zusammen."

Ben nahm den Bericht, blätterte die Seiten mit einer Kälte um, die ihn selbst überraschte. Jedes Wort war ein Nadelstich. *Ethanolspiegel 1,8 Promille. Basisfraktur des Os occipitale. Keine Verteidigungswunden.* Fotos von der Stelle, makaber klinisch: der enge Raum, der dunkle Fleck auf dem Stein, die zersplitterte Taschenlampe. Und ein Bild von Leo, aufgenommen von einer Überwachungskamera auf dem Neumarkt, kurz vor Mitternacht. Das Gesicht seines Bruders war nicht betrunken. Es war angespannt. *Gehetzt.* die Augen weit aufgerissen, als verfolge ihn etwas Unsichtbares.

"Und die Schnapsflasche?" Ben fragte, ohne aufzublicken. "Marke? Fingerabdrücke? Wo genau lag sie?"

Drescher zuckte mit den Schultern. "Billigfusel. Keine brauchbaren Fingerabdrücke, nur verwischte. Lag neben ihm. Vielleicht hat er sie fallen lassen, als er stürzte."

"Vielleicht." Ben legte den Bericht zurück. Sein Blick bohrte sich in Drescher. "Und 'Archivsektor Theta-Epsilon'? Was ist das genau? Wer hat Zugang?"

Eine kaum merkliche Versteifung. "Das sind interne Bezeichnungen der Kirchenverwaltung, Ben. Alte

Lagerräume, Versorgungsschächte. Instabil. Kein regulärer Zutritt, schon gar nicht für Besucher. Warum Leo da rein wollte..." Er breitete die Hände aus. "Vielleicht hat er sich verlaufen. Vielleicht wollte er etwas finden, was nicht gefunden werden sollte. Junge Freimaurer... manchmal haben sie romantische Vorstellungen von Geheimnissen."

Romantisch. das Wort traf Ben wie ein Schlag. Leo war kein Träumer. Er war ein Forscher. Ein Mann der Details. "Ich möchte den Bereich sehen. Theta-Epsilon."

Drescher schüttelte langsam den Kopf. "Das geht nicht, Ben. Die Staatsanwaltschaft hat die Stelle freigegeben, die Kirche hat sie sofort versiegelt. Einsturzgefahr. Außerdem..." Er lehnte sich zurück, sein Blick wurde eindringlich. "... es ist besser, du lässt es. Für dich. Für deinen Seelenfrieden. Was bringt es dir, den Ort zu sehen, wo dein Bruder starb? Es ändert nichts. Es macht es nur schlimmer."

Es macht es schlimmer für euch, dachte Ben. *Weil ich vielleicht etwas finde, was nicht in euren sauberen Bericht passt.* Er stand abrupt auf. Der Stuhl scharrte laut über den Linoleumboden. "Danke für deine Zeit, Klaus. Und dein... Mitgefühl."

Drescher nickte, Erleichterung und Bedauern in seinem Blick vermischt. "Wenn du etwas benötigst, Ben... wirklich."

Ben verließ das Präsidium, ohne zu antworten. Der Regen hatte nachgelassen, aber die Luft hing schwer und kalt über der Stadt. Er zog den Kragen seiner Lederjacke hoch. Dresden. Barocke Pracht, die wie eine Maske über den noch immer spürbaren Narben des Krieges lag. Und jetzt über einem neuen Geheimnis. Das Gefühl der Überwachung war zurück, stärker als je zuvor seit seinem Rauswurf beim BND. Nicht die plumpe Observanz von Kollegen. Etwas... Glatteres. Kälteres. Als würden die Schatten selbst Augen haben.

Sein nächster Weg führte ihn zur Loge "Zu den drei Schwertern". Das Gebäude, ein stattliches, aber unauffälliges Bürgerhaus in der Nähe des Goldenen Reiters, strahlte eine gediegene Würde aus. Hier gab es keinen Prunk, nur poliertes Holz, gedämpftes Licht und den schweren Geruch von altem Leder und Zigarrenrauch, der sich in den Vorhängen festgesetzt hatte.

Er wurde von einem Mann namens Gregor empfangen, Mitte fünfzig, mit einem Gesicht wie aus Stein gemeißelt und der steifen Haltung eines ehemaligen Offiziers. Der Sprecher der Loge, wie er sich vorstellte. Seine Höflichkeit war eisig, seine Augen wachsam und undurchdringlich. Er führte Ben in einen kleinen, düsteren Raum, der mehr einem Verhörzimmer als einem Trauerzimmer glich.

"Herr Adler, unser tiefstes Mitgefühl für Ihren Verlust," begann Gregor, die Hände vor sich auf dem massiven

Schreibtisch gefaltet. Seine Stimme war ein gleichmäßiges, unpersönliches Rauschen. "Leo war ein vielversprechendes Mitglied unserer Gemeinschaft. Sein... Unfall... hat uns alle erschüttert."

"Unfall?" Ben setzte sich ohne Aufforderung. Sein Blick wanderte über die Bücherregale, die schweren Vorhänge, die Symbole an der Wand – Zirkel und Winkel, das Auge der Vorsehung. Alles wirkte alt, bedeutungsschwer, undurchdringlich. "Leo war kein Trinker, Herr Gregor. Und er war nicht leichtsinnig. Was hat ihn wirklich in die Katakomben der Frauenkirche getrieben?"

Gregors Gesicht blieb eine Maske. "Wir können nur spekulieren. Leo war wissbegierig. Vielleicht hatte er von den alten Archivräumen gehört und wollte sie ausforschen. Ein bedauerlicher Verstoß gegen unsere Regeln. Der Zugang ist aus gutem Grund streng limitiert. Die Strukturen dort sind baufällig, die Gefahr real." Er machte eine kleine, bedauernde Geste. "Manchmal überschätzt der Eifer junger Brüder ihre Vorsicht."

"Und 'Archivsektor Theta-Epsilon'? Was wird dort aufbewahrt? Etwas, das Leo vielleicht interessiert hätte? Etwas, das... nicht gefunden werden sollte?" Ben hielt Gregor den Blick. Er spürte die minimale Veränderung in der Atmosphäre. Eine kaum wahrnehmbare Anspannung. Ein kurzes Aufblitzen von etwas... Abwehrendem? Warnendem? ... in Gregors Augen.

"Theta-Epsilon ist eine rein administrative Bezeichnung, Herr Adler," erwiderte Gregor, seine Stimme noch glatter, noch undurchdringlicher. "Alte Baupläne, Rechnungen, nicht mehr relevante Korrespondenz der Kirchenverwaltung. Staub der Geschichte. Nichts von esoterischem oder historischem Wert, das einen solchen Verstoß gerechtfertigt hätte." Er stand auf, ein klares Zeichen, dass das Gespräch beendet war. "Die Loge trauert mit Ihnen. Wir werden Leo ein würdiges Gedenken halten. Aber seine Handlungen dort unten... sie bleiben sein persönliches, tragisches Geheimnis. Wir bitten Sie, es dabei zu belassen. Für Ihren eigenen Frieden."

Und für euren, dachte Ben bitter, als er wieder auf der Straße stand. Die Begegnung war beunruhigend gewesen. Nicht wegen dem, was gesagt wurde, sondern wegen dem, was *nicht* gesagt wurde. Die Art, wie Gregor auf "Theta-Epsilon" reagiert hatte. Die glatte Abblockung. Die unausgesprochene Warnung, nicht weiter zu graben. Es war keine Trauer, die er gespürt hatte. Es war Kontrolle. Schadensbegrenzung. Die Wächterloge, von der Leo manchmal mit Ehrfurcht gesprochen hatte, zeigte ihr wahres Gesicht: kalt, abweisend, gefährlich.

Ben benötigte einen anderen Ansatz. Er brauchte jemanden, der nicht Teil des Systems war. Jemanden mit Zugang und einem lockeren Mundwerk. Er erinnerte sich an einen Namen aus seiner BND-Zeit: "Fussel" Krause. Ein kleiner, schmieriger Informant, der sich in den Grauzonen der Stadt bewegte und dafür bekannt war, dass er über alles und jeden ein Tröpfchen wusste – besonders über illegale Zugänge zu historischen Gebäuden.

Er fand Krause in einer verrauchten Kneipe in der Neustadt, versteckt in einem Hinterzimmer hinter einem Billardtisch, der mehr Löcher als Filz hatte. Krause war ein Häufchen Elend in einer zu großen Cordjacke, mit fettigem Haar und Augen, die ständig Hin und Her huschten wie aufgescheuchte Mäuse.

"Ben Adler!" Krause quietschte, als Ben sich zu ihm an den klebrigen Tisch setzte. Seine Stimme war ein krächzendes Flüstern. "Lang is' her. Höre Sachen. Schlechte Sachen. Dein Bruder... mieses Ding, Alter. Mieses Ding." Er nippte an einem Glas mit trübem Schnaps.

"Was hast du gehört, Fussel?" Ben legte ein paar Scheine auf den Tisch. Krauses Augen fixierten sie sofort. "Über die Frauenkirche. Theta-Epsilon."

Krause zuckte zusammen. "Scheiße, Ben. Das ist' heißer Brei. Heiß und tief." Er schielte nervös zur Tür. "Da will keiner rühren. Gar keiner. Die Kirche nicht, die Polente nicht, und schon gar nicht die feinen Herren mit ihren Handschuhen und Geheimzeichen." Er machte eine vage Geste, die Freimaurer andeuten sollte.

"Leo ist da heruntergegangen. Und er kam nicht wieder. Ich will wissen, warum. Was ist da unten?" Krause leckte sich die Lippen, griff nach den Scheinen, zog sie aber nicht ganz zu sich heran. "Zugang... ja, den gibt's. Aber nicht' offiziell. Altes Abwassersystem aus dem Krieg. Versteckt. Hinterm Heizungskeller vom Gemeindehaus nebenan. Aber Ben..." Seine Stimme sank zu einem kaum hörbaren Rascheln herab. "... da unten stimmt was nicht." Schon immer nicht. Die Arbeiter, die vor Jahren mal da was sanier'n sollten... ham' gekündigt. Kein Geld, hieß es. Aber die ham' geredet. Von komischen Geräuschen. Von... Lichtern, wo keine sein sollten. Und von Leuten. Komischen Leuten. In schicken Anzügen, die nachts hineingehen. Und die keiner kennt." Er schüttelte sich. "Dein Bruder... wenn er da hineingegangen ist'... dann war er entweder verdammt mutig. Oder verdammt dumm."

"Oder er wusste, was er suchte," sagte Ben leise. "Chaos Primus. Hast du davon gehört?"

Krause starrte ihn an, als hätte er ihn verflucht. Die Farbe wich aus seinem Gesicht. "Scheiße, Ben! Scheiße, Scheiße, Scheiße!" Er schob die Scheine abrupt zurück, als wären sie glühend heiß. "Nix gehört! Gar nix! Das Wort... das sagt man nicht! Das bringt Unglück! Schlimmes Unglück!" Er sprang auf, sein Stuhl kippte laut um. "Ich muss weg. Jetzt. Vergiss, dass du mich gesehen hast. Vergiss alles!"

Bevor Ben etwas sagen konnte, war Krause durch einen Hinterausgang verschwunden, der nach altem Fett und Müll roch. Die panische Reaktion war authentisch. Und sie sagte Ben mehr als tausend Worte. *Chaos Primus* war kein Hirngespinst. Es war ein Codewort. Ein Gefährliches. Und es hatte Leo das Leben gekostet.

Ben verließ die Kneipe, die Sinne geschärft. Die Straße war menschenleer, der Himmel eine einzige, bleierne Decke. Das Gefühl der Überwachung war jetzt ein permanenter Druck im Nacken. Er beschloss, Krauses Hinweis zu folgen. Das Gemeindehaus neben der Frauenkirche. Heute Nacht.

***

Die Nacht war dunkel und still, als Ben sich der Rückseite des Gemeindehauses näherte. Der Regen hatte aufgehört, aber die Pflastersteine glänzten schwarz unter den spärlichen Straßenlaternen. Er trug schwarze, eng anliegende Kleidung und hatte sein kleines, aber tödliches Arsenal dabei: ein taktisches Messer am

Knöchel, eine kompakte Pistole im Hüfthalfter, Stahlkappen in seinen Stiefeln. Er war kein Fremder im Schatten.

Der Heizungskeller war nicht schwer zu finden – eine schwere, eiserne Tür, halb von wildem Wein überwuchert, in einer schmalen Gasse. Das Schloss war alt, aber robust. Ben benötigte weniger als eine Minute mit seinen Dietrichs. Ein leises *Klick*, ein Knarren der Angeln, und er schlüpfte in die Schwärze.

Drinnen roch es nach Öl, Staub und abgestandener Luft. Das schwache Licht seiner Taschenlampe, durch rote Filter gedämpft, huschte über rostige Rohre und verstaubte Heizkessel. Krause hatte recht gehabt. In der hintersten Ecke, halb verdeckt von einem Stapel verrotteter Säcke, fand er eine weitere Tür. Kleiner, aus massivem Eichenholz, mit schmiedeeisernen Beschlägen, die ein seltsam vertrautes, fließendes Muster zeigten – ähnlich den Symbolen, die Leo in seiner Todeskammer gesehen hatte. Das Schloss war moderner, ein hochwertiger Zylinder. Ben konzentrierte sich, die Sinne, gespannt auf jedes Geräusch von draußen. Seine Finger arbeiteten präzise. Ein zweites *Klick*, leiser als das erste.

Die Tür öffnete sich knarrend nach innen. Dahinter lag nicht ein Keller, sondern ein Schacht. Ein enger, steiler Abgang aus grob behauenen Steinstufen, die in die Erde führten. Die Luft, die heraufströmte, war eiskalt und trug diesen unverkennbaren metallisch-trockenen Geruch, den Leo beschrieben hatte. Und das Pulsieren. Es war hier deutlich spürbar, ein dumpfer, rhythmischer Druck, der durch den Steinboden in Bens Knochen drang.

Er stieg hinab. Die Treppe war schmal, die Stufen uneben und glitschig von Feuchtigkeit. Nach etwa zwanzig Stufen mündete sie in einen niedrigen, gewölbten Gang – offensichtlich der Anfang des "offiziellen" Kellersystems unter der Kirche. Aber Ben folgte nicht dem Hauptgang. Stattdessen suchte er die Wand rechts ab. Seine Hand tastete über den kühlen, nassen Stein. Und da: eine Unregelmäßigkeit. Ein Stein, der etwas tiefer lag als die anderen. Und in seiner Mitte, fast unscheinbar, das gleiche fließende Symbol, wie auf der Tür und, wie er vermutete, auf dem schwarzen Block. Es war kaum größer als eine Münze, aber als sein Finger es berührte, spürte er eine winzige Vibration. Ein sanftes, grünliches Glimmen erwachte für einen Sekundenbruchteil im Stein, dann erlosch es. *Chaos Primus.* die Worte brannten in seinem Kopf. Das Symbol war der Schlüssel. Mit einem gezielten Druck nach innen und einer Drehung nach rechts gab der Stein nach. Ein leises, steinernes Schleifen ertönte, als ein Teil der Wand zurücksank und einen weiteren, noch engeren Durchgang offenbarte. Krauses "altes Abwassersystem". Es roch modrig und abgestanden, aber der metallische Unterton war stärker. Und das Pulsieren – hier war es ein hämmernder Schlag, der in seiner Brust widerhallte.

Ben zwängte sich hinein. Der Gang war so niedrig, dass er gebückt gehen musste, die Wände schabten an seinen Schultern. Nach etwa zehn Metern öffnete er sich in einen Raum, der nicht größer als eine Besenkammer war. Es war offensichtlich ein Versteck. Ein kleines Feldbett, eine Kiste mit Konserven und Wasserflaschen, eine abgeblätterte Landkarte von Dresden an der Wand. Und auf einem wackeligen Holztischchen: ein Notizbuch.

Leos Notizbuch.

Bens Herzschlag beschleunigte sich. Er griff danach, öffnete es. Die Einträge waren in Leos akkurater, kleiner Schrift verfasst, aber die letzten Seiten waren hastig, fast krakelig. Skizzen des Kellersystems. Notizen über Sicherheitsprotokolle der Kirche. Recherchen zu "Theta-Epsilon" – Hinweise auf mittelalterliche Chroniken, die von einem "versiegelten Stein des Anstoßes" unter dem Altar sprachen. Und dann, auf der letzten Seite, nur wenige Zeilen, offenbar in größter Eile geschrieben:

> *Habe es gefunden. Nicht Archiv. Siegel. Tor? Energiequelle? Symbole lebendig. Berührung – Visionen. Unfassbar alt. Nicht von hier. Chaos Primus – Schlüssel? Ursprung? Sie wissen, dass ich weiß. Spüre sie.

Jäger. Schatten mit leeren Augen. Muss warnen. Ben
muss...*

Lokrum. Unterwasserhöhlen. Kroatien. Dort liegt das
erste Fragment. Das Echo beginnt dort. Finde es, Ben.
Bevor sie es tun. Verstecke dies. Sie kommen...*
Die Schrift endete abrupt, als wäre der Stift aus der
Hand gerissen worden. Ben starrte auf das Wort.
Lokrum. eine Insel? Eine Höhle? Und *Fragment*.
Das klang nach einem Teil von etwas Größerem. Etwas, das Leo gefunden hatte. Etwas, das ihn getötet
hatte.
Ein Geräusch ließ ihn erstarren. Nicht von draußen.
Von *oben*. Ein leises Kratzen auf dem Stein. Dann
ein sanftes *Klick*. Metall auf Stein. Zu präzise für
eine Ratte.
Sie sind hier.
Ben riss das letzte Blatt mit dem Hinweis auf Lokrum
aus dem Notizbuch, steckte es ein und schob das Buch
in seine Jacke. Er löschte seine Lampe. Absolute Finsternis. Er lauschte. Das Pulsieren schien lauter zu
werden, das Summen in der Luft höher. Und dann –
Schritte. Leise, aber unverkennbar. Mehrere. Im
Hauptgang vor dem versteckten Eingang. Sie hatten
ihn gefunden. Schneller, als er gedacht hatte.
Er zog die Pistole. Seine Gedanken rasten. Zurück
durch den engen Gang? Zu langsam. Sie würden ihn

am Ausgang abfangen. Er musste einen anderen Weg
finden. Er tastete sich in der Dunkelheit vorwärts,
zurück in den Raum mit dem Feldbett. Seine Hände
suchten die Wände ab. Nichts. Dann, in einer Ecke,
seine Finger über etwas Holz. Die Kiste. Er schob sie
beiseite. Dahinter – ein Luftschacht? Ein Abflussrohr?
Es war ein Loch, etwa einen Meter im Durchmesser,
im Boden. Aus ihm stieg eine noch kältere, feuchtere
Luft auf. Und das Pulsieren kam deutlich von unten.
Keine Zeit zum Zögern. Ben ließ sich hineingleiten. Es
war kein Schacht, sondern eine steile, rutschige Röhre
aus altem Mauerwerk. Er rutschte, stieß sich ab, versuchte, den Fall zu kontrollieren. Nach etwa fünf Metern landete er mit einem dumpfen Aufschlag in
knöcheltiefem, eiskaltem Wasser. Ein unterirdischer
Kanal. Die Luft roch faulig, nach Abwasser und Moder. Aber sie führte *weg*.
Hinter sich hörte er Stimmen. Kalt. Präzise. "Sektor
gesichert. Zielobjekt nicht vor Ort. Fluchtroute identifiziert. Verfolgung einleiten. Protokoll 'Auslöschung'
aktiv."
Ben rannte. Das Wasser spritzte hoch, sein Atem
keuchte in der engen, stinkenden Dunkelheit. Die Pistole in der Hand, die Sinne bis zum Zerreißen gespannt. Die Jäger waren im selben Labyrinth. Und sie kannten es besser.
***

Sein Motorrad, eine abgewrackte, aber gnadenlos zuverlässige BMW R 80, stand versteckt in einer Seitenstraße. Ben riss es an, der Boxermotor heulte auf. Er wusste, er musste raus aus Dresden. Jetzt. Aber die Stadt war nachts nicht groß, und seine Verfolger würden die Ausgänge überwachen. Er benötigte Ablenkung. Und er brauchte einen Weg, der sie überraschte.

Sein Blick fiel auf die Karte, die noch auf dem Tischchen in Leos Versteck lag. Er hatte sie eingesteckt. Jetzt riss er sie hervor, während er mit einer Hand den Motor am Laufen hielt. Sein Finger zuckte über die Linien. Nicht die Autobahn. Nicht der Hauptbahnhof. *Pillnitz.* das Schloss am Elbufer, mit seinen weitläufigen Gärten und dem Wald dahinter. Ein klassisches Fluchtziel? Oder zu offensichtlich? Es gab eine Fähre. Und dahinter lag das offene Land.

Er trat den Gang ein, raste durch die stillen Straßen der Neustadt. Der Wind peitschte ihm ins Gesicht, kalt und reinigend. In den Rückspiegeln blieb es zunächst dunkel. Doch dann, als er die Augustusbrücke überquerte und in Richtung Loschwitz schoss, tauchten sie auf, zwei schwarze SUVs, unauffällig, aber mit der tödlichen Präzision eines Raubtiers. Sie hatten ihn. Und sie schlossen schnell auf.

Ben trat noch mehr Gas. Die BMW schoss die schmale Straße am Elbhang entlang, Kurven wurden zu einer einzigen, fließenden Bewegung. Die SUVs hielten Schritt, ihre stärkeren Motoren brüllten. Pillnitz war nicht weit. Die Gärten lagen verlassen und mondbeschienen da, als er durch das offene Tor raste. Keine Zeit für Eleganz. Er jagte über die Kieswege, zwischen barocken Skulpturen hindurch, direkt auf den Waldrand zu. Die SUVs folgten ihm, rissen tiefe Furchen in den gepflegten Rasen, krachten durch Hecken. Ein Albtraum aus knirschendem Kies, aufheulenden Motoren und gesplittertem Holz.

Im Wald wurde es enger. Bens Motorrad war im Vorteil, wendiger zwischen den Bäumen. Er zwängte sich durch schmale Pfade, über Stock und Stein. Die SUVs mussten bremsen, umkurven, verloren an Boden. Aber sie gaben nicht auf. Ein Fenster ging herunter. Ein kurzer, heller Blitz – nicht das Mündungsfeuer einer Waffe, sondern das gleiche kalte, blaue Licht, das Leo getötet hatte. Es verfehlte Ben um Zentimeter und traf einen Baumstamm. Das Holz verkohlte mit einem zischenden Geräusch, als der blaue Strahl es traf.

Keine Zeit zum Staunen. Ben raste weiter, den Hang hinunter, zurück zum Elbufer. Die Fähre! Er konnte sie sehen, ein kleines, beleuchtetes Schiffchen am Anleger. Es war abfahrbereit. Er gab alles, was die BMW hergab. Die SUVs brachen durch den Wald, rasten über die Uferpromenade. Der Abstand verringerte sich. Ein zweiter blauer Strahl zischte vorbei, traf das Wasser und ließ es kurz aufschäumen und dampfen.

Ben raste direkt auf die Fähre zu, die gerade die Leinen löste. Mit einem letzten, brutalen Riss am Gashebel sprang das Motorrad über die schmale Lücke zwischen Kai und Schiff. Er landete hart, rutschte über das nasse Deck, während das Schiff bereits ablegte. Die SUVs kamen zu spät zum Stehen, blockierten den Anleger. Männer in dunklen Anzügen sprangen heraus, starrten ihm mit leeren Augen nach, während sich die Fähre langsam in den Fluss schob.

Ben atmete keuchend aus. Geschafft. Für den Moment. Er stieg vom Motorrad, lehnte sich gegen die Reling, den Blick auf die dunkle Silhouette Dresdens am anderen Ufer. Die Lichter der Stadt spiegelten sich zitternd im schwarzen Wasser der Elbe. Die Jagd war eröffnet. Und er hatte einen Namen: *Lokrum.*

Doch die Erleichterung währte nur Sekunden. Sein Telefon vibrierte. Eine unbekannte Nummer. Eine SMS. Nur zwei Worte: *Fussel tot. Schweigen teuer. *

Ben erstarrte. Der kleine Informant. Erschossen? Erstickt? Seine Methode war egal. Die Botschaft war klar: Sie wussten, dass er wusste. Und sie würden jeden beseitigen, der ihm half. Jeden, der auch nur in der Nähe der Wahrheit war. Die Kälte, die ihn durchdrang, war schlimmer als das Elbwasser. Er hatte Dresden lebend verlassen. Aber der Schatten der Männer mit den leeren Augen und den blauen Stäben lag lang und dunkel über ihm. Und über dem Wasser, das ihn trug, lag jetzt ein Name: Kroatien. Lokrum. Das erste Fragment.

Die Jagd im Schatten der Elbe war vorbei. Die Jagd durch die Schatten der Welt hatte gerade erst begonnen. Ben Adler holte tief Luft. Der Geruch des Flusses, des Diesels der Fähre, vermischte sich mit dem metallischen Nachgeschmack der Angst und der Gewissheit: Leo hatte nur das erste Puzzleteil gefunden. Und Ben würde den Rest finden. Oder dabei sterben.

DIE TIEFE UND DIE SCHEIBE

Lokrum, Kroatien – Zwei Wochen später

Das Mittelmeer, türkis und scheinbar friedlich, schlug sanft gegen den Rumpf der *„Sirena"*. Elara Vance lehnte am Heck des zwölf Meter langen Forschungs-Katamarans, ihr Blick wanderte über die smaragdgrünen Wälder der Insel Lokrum, die sich steil aus dem azurblauen Wasser Dubrovniks erhob.

Postkartenidylle. Ein Ort für Touristen, die Ruinen des Benediktinerklosters besichtigten oder in den salzhaltigen „Toten Meer"-See der Insel sprangen. Für Elara war Lokrum etwas anderes, ein verschlüsselter Hinweis in den verzweifelten Notizen eines toten Mannes. Ein Puzzleteil in einer Karte, die sie seit Jahren verfolgte – die Karte der Anomalien.

„Noch immer nichts Doc?" Marin, ihr kroatischer Erster Maat und Freund seit Studienzeiten, trat neben sie. Sein wettergegerbtes Gesicht war von leichter Sorge gezeichnet. Sie waren seit drei Tagen hier, hatten systematisch die Unterwasserhöhlen an der Südostküste abgesucht, die Marin aus seiner Kindheit kannte. Mit Sonar, Drohnen und Elaras unerschütterlicher Intuition. Bisher: Nichts. Nur Fische, Fels und die gelegentliche neugierige Meeresschildkröte.

Elara schob sich eine dunkle Strähne aus dem Gesicht, die aus ihrem praktischen, hochgesteckten Zopf entwischt war. „Doch, Marin. Immer ‚nichts' ist auch ein Ergebnis. Es schließt Gebiete aus. Und das Gefühl…"
Sie biss sich auf die Unterlippe, wie immer, wenn sie über ihre „Eingebungen" sprach – Dinge, die die strenge Wissenschaftlerin in ihr nicht erklären konnte, die sie aber zu oft ignoriert hatte, um sie zu verwerfen.
„… es ist hier. Irgendwo hier. Etwas, das nicht ins Bild passt. Etwas *altes*." Ihr Blick fiel auf den Bildschirm des Side-Scan-Sonars neben der Steuerkonsole. Ein chaotisches Muster aus Rückstreuungen. „Da. Siehst du das?"
Marin beugte sich vor. „Sieh ich was? Das ist nur Hintergrundrauschen, Elara. Lavagestein ist unregelmäßig."
„Genau. Aber hier…" Sie tippte auf einen winzigen Ausschnitt. „… diese Symmetrie. Diese fast kreisrunde Abschattung. Zu perfekt für die Natur. Und die thermische Lesung von gestern… ein minimaler, aber konstanter Wärmeunterschied in dieser Zone. Keine hydrothermale Aktivität bekannt." Ihre Augen, die Farbe von tiefem Meeresgrün, funkelten vor konzentrierter Faszination. „Das ist keine Anomalie. Das ist ein *Hinweis*."
Marin seufzte. Er kannte diesen Blick. Den Blick, der bedeutete, dass Elara Vance, PhD in Meeresarchäolo-

gie und Spezialistin für prähistorische Unterwasser-Anomalien, gleich etwas Dummes tun würde. „Elara, die Strömung da unten in den Höhlen ist tückisch. Und die Gänge… eng, verwinkelt. Selbst mit Scootern riskant."

„Deshalb gehe ich allein", sagte Elara entschlossen und griff nach ihrem Trockentauchanzug. „Du hältst hier Stellung. Überwach die Sensoren, besonders die passiven Hydrophone. Wenn ich recht habe… könnte es interessant werden." Ihr trockener Unterton ließ keinen Raum für Diskussion.

Eine Stunde später glitt Elara, ausgerüstet mit einem Hochleistungs-Rebreather (geschlossenes Kreislaufsystem für längere Tauchgänge ohne Blasen), leistungsstarken Unterwasserlampen, die an ihrem Sidemount-Gehänge befestigt waren, und einem handlichen Scooter, der sie durchs Wasser ziehen sollte, lautlos in die Tiefe. Das Sonnenlicht zerfiel schnell in faszinierende Strahlen, die das klare Wasser durchzogen, bevor die Dunkelheit der Unterwasserhöhle sie verschluckte. Der Eingang war eine schmale, fast unsichtbare Spalte im Fels, von Seegras und bunten Schwämmen überwuchert. Genau wie auf den alten Seekarten, die sie in Dubrovniks Archiven ausgegraben hatte – Karten, die auf ein „leuchtendes Tor" oder eine „versunkene Sonne" in dieser Bucht verwiesen.

Drinnen war die Welt anders. Das gedämpfte Blau wich einem gespenstischen Grün und Türkis, wo das spärliche Licht von oben durch Spalten fiel. Lavaröhren, vor Urzeiten geformt, zogen sich wie die Adern eines riesigen Ungeheuers in die Tiefe. Die Wände waren bedeckt mit schwarzem, glasigem Gestein, das Elaras Lampen in tausend winzige Reflexe brach. Die Strömung zog sie tiefer, ein sanfter, aber unaufhaltsamer Sog. Sie aktivierte den Scooter, ein leises Surren erfüllte die Stille, während sie durch enge Passagen schoss, um scharfe Ecken glitt, immer tiefer in das steinerne Labyrinth. Ihr Sonar-Navigationsgerät zeichnete die Route auf, ein digitaler Faden der Ariadne in dieser Unterwelt.

Dann spürte sie es. Nicht nur das Wasser, das kühler wurde. Ein Pulsieren. Ein fast unhörbares, tiefes Summen, das durch den Fels und direkt in ihre Knochen drang. Genau wie in Leos Notizen beschrieben. Ihre Haut kribbelte. Das war kein geologisches Phänomen, das sie kannte. Ihre Lampe huschte über eine Wand – und blieb stehen. Eingraviert in das schwarze Vulkangestein, fast versteckt unter einer Schicht Kalksinter, war ein Symbol. Fließend, komplex, vollkommen fremdartig. Kein bekanntes Alphabet, keine bekannte Kultur. Es glich dem Symbol aus Leos Notizen und dem, was Ben in Dresden gesehen hatte. *Chaos Primus*. Es schien… zu *leben*. Nicht im Licht ihrer

Lampe, sondern aus sich heraus. Ein schwaches, grünliches Pulsieren, synchron zu dem Summen.

Ihr Herz schlug schneller. Sie war nah. Der Scooter zog sie um eine letzte Ecke, und plötzlich öffnete sich die Röhre zu einer gewaltigen Unterwasserkammer. Die Decke war hoch, mit Stalaktiten bedeckt, die wie versteinerte Tropfen von der Dunkelheit herabhingen. Am Boden, in der Mitte der Kammer, erhob sich ein natürliches Podest aus schwarzem Basalt. Und darauf lag es.

Die Scheibe.

Sie war etwa so groß wie ein Essteller, kreisrund und aus einem Material, das weder Stein noch Metall, noch Kristall zu sein schien. Es war dunkel, fast schwarz, aber durchdrungen von einem inneren Licht, das in komplexen, fließenden Mustern pulsierte – türkis, violett, tiefes Gold. Es sah aus wie eingefrorenes Nordlicht, wie flüssiges Sternenlicht in fester Form. Die Energie, die von ihr ausging, war fast greifbar. Die Luftblasen aus ihrem Rebreather zitterten, als sie durch das Energiefeld stießen. Das Pulsieren war hier ein körperlicher Druck auf ihrer Brust, das Summen ein Chor unsichtbarer Stimmen in ihrem Kopf.

Vorsichtig, mit angehaltenem Atem, schwebte Elara näher. Ihre wissenschaftliche Neugier kämpfte mit einem uralten, tief verwurzelten Instinkt vor dem Unbekannten. Sie zog eine mit Sensoren bestückte Sonde aus ihrem Gurt und streckte sie vorsichtig in Richtung der Scheibe. Die Werte auf dem kleinen Display schossen sofort in den roten Bereich, unbekannte Energieform, starkes elektromagnetisches Feld, thermische Signatur, fluktuierend und unmöglich. Dann, als die Sonde nur noch Zentimeter entfernt war, passierte es.

Die Scheibe *reagierte*. Das pulsierende Licht intensivierte sich schlagartig. Ein Strahl reiner, weiß goldener Energie schoss aus ihrem Zentrum, traf die Sonde – und ließ sie mit einem leisen *Puff* in mikroskopischen Nanopartikeln verdampfen. Gleichzeitig flutete eine Welle von… *etwas* durch Elara. Keine Schmerzen. Keine Bilder im herkömmlichen Sinn. Sondern *Wissen*. *Gefühl*. Ein überwältigendes Gefühl von unermesslichem Alter. Von kosmischer Einsamkeit. Von einem Zweck, so groß und fremd, dass ihr menschlicher Geist ihn nicht fassen konnte. Und ein Name, kein Wort, sondern eine Resonanz, eine Vibration in ihrem Kern: *Chaos Primus*. Der Ursprung. Der erste Wirbel.

Sie zuckte zurück, taumelte im Wasser, ihr Atem ging stoßweise durch den Rebreather. *Was zum Teufel war das?* Ihre Hände zitterten. Aber die Faszination war stärker als die Angst. Leo hatte recht gehabt. Dies war kein Artefakt. Es war ein Schlüssel. Ein Fenster. Sie musste es berühren.

Mit einer Entschlossenheit, die alle Warnsignale überlagerte, streckte sie ihre behandschuhte Hand aus.

Nicht mit einer Sonde. Mit ihrer eigenen Haut. Ihre
Fingerspitzen berührten die kühle, glatte Oberfläche
der Scheibe.

Die Welt explodierte. Oder implodierte. Sie wusste es
nicht.

Nichtschmerz raste durch ihren Arm, ein Strom reinen,
ungefilterten Bewusstseins. Die Kammer verschwand.
Sie sah:

*   *Unendliche Weiten violettfarbiger Nebel, durchzogen von schwarzen Kristallbergen, die sich gegen
einen sternenlosen Himmel abhoben.*

*   *Ein Ozean aus kochender, goldener Lava, in dem
sich gigantische, nicht menschliche Schatten bewegten
– Wesen aus Licht und Schatten, unfassbar alt und
mächtig.*

*   *Das gleiche fließende Symbol, das überall auf-
tauchte, eingebrannt in einen Planeten, der nicht die
Erde war.*

*   *Und dann ein Bild, klar und erschreckend: Eine
Karte. Nicht aus Papier, sondern aus Licht. Sie zeigte
die Erde, mit leuchtenden Punkten an bestimmten Or-

ten: Lokrum… dann Marrakesch… dann Dubai, Oman… Fuerteventura. Ein Pfad. Ein Schicksal.*

Das Wissen flutete in sie, überwältigend, fremd. Die wahre Geschichte war nicht das, was in den Büchern stand. Die Mächte, die zogen, waren älter als die Menschheit. Und sie würden alles tun, um dieses Geheimnis zu bewahren. *Sie wussten, dass sie wusste.*

Der Kontakt riss ab, als etwas Hartes gegen ihre Schulter stieß. Sie wirbelte herum, taumelte im Wasser, ihre Lampen blitzten wild umher. Zwei Taucher. Nicht normale Taucher. Sie trugen schwarze, stromlinienförmige Anzüge aus einem Material, das kaum Licht reflektierte. Ihre Masken waren nicht aus klarem Glas, sondern mit dunklen Visieren versehen, die keine Gesichter erkennen ließen. Auf ihren Rücken: Keine normalen Flaschen, sondern flache, rechteckige Kisten – Rebreather der neuesten Generation, geräuschlos und ohne sichtbare Blasen. Und in ihren Händen, keine Harpunen. Kompakte, hydrodynamische Geräte, die wie überdimensionierte Pistolen aussahen, mit blau leuchtenden Mündungen. Ordo Tempestatis. Die Jäger.

Einer von ihnen deutete mit seiner Waffe auf die Scheibe, dann auf Elara. Eine klare Aufforderung: Weg da. Der andere schwamm auf sie zu, seine Bewegungen waren flüssig, effizient, unmenschlich grazil. Keine Zeit zum Nachdenken. Nur Instinkt.

Elara reagierte. Sie stieß sich mit aller Kraft vom Basaltpodest ab, direkt auf den näher kommenden Taucher zu. Nicht um anzugreifen, sondern um ihn zu umschlingen, ihn als Schild zu benutzen. Ihre Hand griff nicht nach ihm, sondern nach dem Schlauch seines Rebreathers, der an der flachen Kiste auf seinem Rücken befestigt war. Ein gezielter, brutaler Ruck. Ein Blubbern, als Wasser in das System eindrang. Der Taucher verkrampfte sich, ein ersticktes, durch den Atemregulator gedämpftes Geräusch drang heraus. Sein Kamerad zielte, zögerte einen Bruchteil einer Sekunde – konnte nicht schießen, ohne seinen Partner zu treffen.

Elara nutzte den Moment. Sie stieß den sich krümmenden Taucher von sich und griff zur Scheibe. Sie war schwer, unerwartet schwer, als sie sie vom Podest riss. Die Energie pulste durch ihre Handschuhe, ein heißes Vibrieren. Sie klemmte sich die Scheibe unter den Arm, eine unglaublich unbequeme Last, und trat den Scooter an. Der Elektromotor heulte auf, als sie Vollgas gab und zurück in die enge Lavaröhre schoss, aus der sie gekommen war.

Die Verfolgungsjagd begann.

Es war ein Albtraum aus schmalen, verwinkelten Passagen, gespenstischem Licht und tödlicher Stille. Elaras Scooter war schnell, aber die Scheibe behinderte sie, und die Ordo-Taucher waren gnadenlos ef-

fizient. Sie schienen das Labyrinth zu kennen, schnitten Ecken ab, tauchten plötzlich aus Seitengängen auf.
Blaue Energiestrahlen zischten durch das Wasser,
trafen Felsen, die in einer Wolke aus Dampf und
geschmolzenem Gestein explodierten. Ein Strahl
streifte ihren Scooter, Funken sprühten, das Gerät stotterte. Sie fluchte lautlos in ihren Atemregulator.
Sie zwängte sich durch eine fast zu enge Spalte, spürte,
wie der Fels an der Scheibe kratzte. Dahinter eine
größere Kammer, teilweise mit Luft gefüllt. Sie schoss
an die Oberfläche, riss die Maske ab, keuchte frische
Luft ein. „Marin! Komm rein! Sie sind da! Sie sind…"
Ihr Satz wurde von einem Aufheulen der Motoren der
„Sirena" übertönt, gefolgt von einem dumpfen, metallischen Krachen und dem schrillen Kreischen reißen-
der Aluminiumplatten. Dann Stille. Schlimmer als
jedes Geräusch.
Nein. Sie tauchte unter, schwamm zum Höhlenein-
gang, riskierte einen Blick hinaus. Die *„Sirena"* lag
schief im Wasser, Rauch stieg aus der Brücke auf. Ein
kleines, schwarzes Schnellboot, das sie nicht gesehen
hatte, glitt geräuschlos davon. Sabotage. Marin war da
draußen. Tod? Verletzt? Gefangen?
Panik drohte sie zu überwältigen. Sie war allein.
Eingeschlossen in einem Unterwasserlabyrinth, mit
zwei Killern und einem Artefakt, das die Welt verändern könnte. Sie musste raus. An Land. Irgendwie. Sie

tauchte wieder ab, suchte verzweifelt nach einem anderen Ausgang. Ihr Sonar zeigte einen möglichen Weg nach oben, einen engen Schacht mit schwachem Lichteinfall. Ein Risiko. Vielleicht eine Sackgasse. Aber ihre einzige Chance.

Sie ließ den beschädigten Scooter fallen – er war nur noch Ballast – und schwamm, die schwere Scheibe unter dem Arm, in den Schacht. Es war eng, die Wände schabten an ihrem Anzug und der Scheibe. Sie kletterte, stieß sich ab, kämpfte sich Zentimeter um Zentimeter nach oben. Das Pulsieren der Scheibe schien sich mit ihrem eigenen Herzschlag zu vereinen, ein rasender Trommelschlag der Angst und des Adrenalins. Hinter sich hörte sie das leise Surren des Ordo-Scooters. Sie waren noch da.

Plötzlich öffnete sich der Schacht. Sie brach durch die Wasseroberfläche in eine kleine, von Felsen umschlossene Grotte. Tageslicht! Sie warf die Scheibe an Land und zog sich mühsam aus dem Wasser. Sie riss die schwere Tauchausrüstung ab, blieb nur in ihrem dünnen Neoprenunterzeug, keuchend, zitternd. Die Scheibe pulsierte sanft im Sand, ihr inneres Licht warf tanzende Reflexe an die Felswände. Keine Zeit für Erleichterung. Sie musste weg. Sie griff nach der Scheibe, als ein Schatten über sie fiel.

Ein Ordo-Taucher stand am Eingang der kleinen Grotte. Er hatte seine Flossen und den schweren Rebreather abgelegt, trug nur den schwarzen Anzug und die dunkle Maske. In seiner Hand die blaue Waffe, gezielt direkt auf ihre Brust. Keine Eile. Kein Wort. Nur die tödliche, leere Präzision einer Maschine. Er hatte sie. Es war vorbei.

Elara erstarrte. Ihre Augen suchten verzweifelt nach einem Ausweg. Nichts. Nur Felsen, Meer und der kalte Blick der Waffe. Sie presste die Scheibe an sich, als könnte sie Schutz bieten. Das Pulsieren fühlte sich jetzt an wie ein letzter Herzschlag.

Dann passierte etwas Unerwartetes.

Von oben. Vom Rand der Klippe über der Grotte. Ein Schatten löste sich, schnell, leise, wie ein fallender Stein. Er landete mit einem dumpfen Aufprall direkt hinter dem Ordo-Taucher. Nicht schwerelos, aber kontrolliert. Ein Mann. Grob, wettergegerbt, mit kurzen, dunklen Stoppelhaaren und Augen, die in diesem Moment so kalt aussahen wie das Meer. Er trug schwarze, praktische Kleidung und bewegte sich mit der flüssigen, tödlichen Effizienz eines Raubtiers.

Der Ordo-Taucher begann, sich zu langsam umzudrehen. Der Fremde war schon in Bewegung. Ein blitzschneller Tritt gegen das Handgelenk des Tauchers – die blaue Waffe flog klatschend gegen die Felswand. Ein kurzer, brutaler Schlag mit der Kante der Hand gegen die Kehle – ein gurgelndes Geräusch. Ein weiterer Schlag, ein Hebel, ein knackendes Geräusch, das

Elara bis ins Mark erschaudern ließ. Der Taucher sackte leblos zu Boden.

Der Fremde stand da, atmete kaum merklich schwerer. Seine Augen musterten Elara, dann den toten Taucher, dann die pulsierende Scheibe in ihren Händen. Kein Erstaunen. Nur eine tiefe, zynische Bestätigung. „Tja," sagte er mit einer rauen, sächsisch gefärbten Stimme, die gänzlich unpassend in dieser kroatischen Idylle klang. „Sieht aus, als hätten wir beide gerade einen richtig beschissenen Tag."

Elara starrte ihn an, den Adrenalinrausch noch in den Adern, den Schock der Rettung und der brutalen Effizienz, mit der er den Mann getötet hatte, in sich vereinend. „Wer… wer zum Teufel sind Sie?" Ihre Stimme zitterte.

Er zog ein kleines, wasserdichtes Portemonnaie aus seiner Tasche und warf es ihr zu. Es landete im Sand vor ihren Füßen. Ein Ausweis. Ein Foto eines jüngeren, aber unverkennbaren gleichen Gesichts, mit einem traurigen Zug um die Augen. Name: *Ben Adler*. Organisation: *BND* (durchgestrichen). Darunter, mit Filzstift hingekritzelt: *Leos Bruder.*

Elaras Blick schoss von dem Ausweis zu seinem Gesicht, dann zur Scheibe. Die Puzzleteile fügten sich zusammen mit der Wucht eines Hammerschlags. Leo. Dresden. Das Chaos. Der Mann, den sein Bruder

gewarnt hatte. „Sie… Sie sind Bens Bruder? Leo
hat…" Die Worte blieben ihr im Hals stecken.
Ben (denn es konnte nur er sein) nickte knapp. Sein
Blick war wieder auf den Eingang der Grotte gerichtet,
wachsam wie ein Wolf. „Leo ist tot. Weil er wusste,
was Sie jetzt wissen. Und weil er Sie warnen wollte."
Er deutete mit dem Kinn auf die Scheibe. „Das ist es,
für was sie töten. Das Wissen. Das Ding." Er zog eine
kompakte Pistole aus einem Hüfter unter seiner Jacke.
„Und die Jungs in den schicken Anzügen werden nicht
lange auf Verstärkung warten lassen. Wir müssen verschwinden. Jetzt."
***

Das Versteck war ein verlassenes venezianisches Fort
auf der Nordseite Lokrums, halb von wildem Wein
überwuchert, mit dicken Mauern und einem Blick über
das Meer nach Dubrovnik. Der Sonnenuntergang
tauchte die alte Steinfestung in blutrotes Licht. Drinnen, in einem kargen Raum mit Blick durch eine
Schießscharte, saßen sie sich gegenüber. Die
pulsierende Scheibe lag zwischen ihnen auf einer aus-
gefransten Militärdecke, die einzige Lichtquelle im
dämmrigen Raum. Ihr fremdartiges Leuchten warf
gespenstische Schatten an die Wände.
Elara hatte Ben einen schnellen, präzisen Bericht
gegeben: Ihre Forschung, die Anomalien, die Suche,
die Entdeckung, die Visionen. Ben hatte knapp geant-

wortet: Leos Notiz, Dresden, die Männer mit den leeren Augen und den blauen Stäben, die Jagd, die ihn hierhergeführt hatte. Die Zerstörung der *„Sirena"*. Marins Schicksal war ungewiss.

„… also hat mein Bruder Ihnen im Wesentlichen eine Todesurkunde geschickt", fasste Ben zusammen, nachdem sie geendet hatte. Er lehnte gegen die kalte Steinwand, seine Pistole lag griffbereit auf seinem Oberschenkel. Sein Blick auf die Scheibe war nicht fasziniert, sondern misstrauisch. Wie auf eine besonders heimtückische Landmine. „Und dieses Ding hier… es zeigt Ihnen Bilder? Sagt Ihnen, wo der nächste Teil liegt? Klingt praktisch. Und verrückt."

Elara rieb sich die Schläfen. Die Nachwirkungen der Berührung, der Adrenalinabsturz, die Sorge um Marin – es war zu viel. „Es ist kein GPS, Herr Adler. Es ist… ein Eindruck. Ein Wissen. Eine Richtung. Als ich es berührte… sah ich Orte. Marrakesch war einer davon. Deutlich." Sie starrte auf die pulsierenden Muster. „Und ich spürte… *sie*. Die Wesen. Die Schattenschmiede. Sie sind real. Und sie sind hier. Durch ihre Handlanger."

„Ordo Tempestatis", murmelte Ben. „Templer mit Hightech und einem Gotteskomplex. Und ihre Auftraggeber, die ‚Wächterloge' – Freimaurer, die denken, sie wären die Guten, indem sie die Welt im Dunkeln lassen." Er spuckte verächtlich aus. „Alle spielen sie

Gott. Mit Leos Leben. Mit Ihrem. Mit meinem." Seine Augen trafen Elaras. „Warum haben Sie es angefasst? Nachdem Sie gesehen haben, was es mit der Sonde gemacht hat?"

Elara hielt seinem Blick stand. In ihren grünen Augen brannte noch immer das Feuer der Entdeckung, gemischt mit dem Schock, aber nicht gebrochen. „Weil ich es musste. Weil die Wahrheit da ist, Ben. In diesem… Fragment. Und weil es Leo das Leben gekostet hat. Sollte das umsonst gewesen sein?" Sie deutete auf die Scheibe. „Das hier ist kein Fluch. Es ist ein Schlüssel. Vielleicht der Einzige, den wir haben, um zu verstehen, wer wirklich die Fäden zieht. Seit Jahrtausenden."

Ben schaute lange auf die pulsierende Scheibe. Das kalte Licht spiegelte sich in seinen Augen. Er sah den toten Taucher in der Grotte. Er sah Leos leblosen Körper in Dresden. Er sah die leeren Augen der Jäger. „Verstehen bringt Leo nicht zurück", sagte er schließlich, seine Stimme rau. „Und es bringt uns wahrscheinlich nur schneller um." Er machte eine Pause. „Aber Sie haben recht mit einem: Die Jagd hat längst begonnen. Und die haben uns jetzt beide auf dem Kieker. Allein sind wir leichte Beute." Er richtete sich auf, ein funktionaler Zug in seine Haltung. „Marrakesch, sagen Sie?"

Elara nickte, eine Erleichterung, die sie nicht zeigen wollte, durchflutete sie. Sie war nicht allein. „Ja. Die

Scheibe… sie zeigte mir einen Ort. Unter der Erde. In der Medina. Ein verstecktes Wissen."

Ben grunzte. „Na toll. Rattenlöcher und Basare. Meine Lieblingsumgebung." Er stand auf und ging zur Schießscharte, spähte in die dämmernde Landschaft. „Wir bleiben hier, bis es vollständig dunkel ist. Dann besorgen wir uns ein Boot. Etwas Unauffälliges. Dubrovnik ist zu heiß, der Flughafen wird überwacht. Wir müssen auf dem Landweg raus. Über Montenegro oder Bosnien. Wir benötigen falsche Papiere, Geld, Waffen." Er warf ihr einen Blick über die Schulter zu. „Sind Sie bereit dafür, Dr. Vance? Echte Archäologie ist anscheinend ein verdammt gefährlicher Job."

Elara blickte auf die Scheibe, dann auf Ben, diesen zynischen, gefährlichen Mann, der plötzlich ihr einziger Verbündeter in einer Welt war, die verrückter geworden war, als sie es je für möglich gehalten hätte. Ein trockenes Lächeln umspielte ihre Lippen. „Nach einer Schatzsuche mit Bodycount, Killer-Tauchern und einer außerirdischen Scheibe? Herr Adler, ich denke, ich kann mich an Landverfolgungsjagden durch Nordafrika durchaus steigern".

Ben drehte sich ganz zu ihr um. Für einen winzigen Moment glitt etwas wie ein Funke von Respekt, vielleicht sogar von schwarzem Humor, über sein hartes Gesicht. „Gut." Er deutete mit dem Daumen auf die Scheibe. „Und hüten Sie Ihren ‚Schlüssel'. Der sieht aus, als könnte er uns beide in Stücke reißen, bevor es die Ordo tun."

Sie packte die Scheibe fester. Sie war kühl und schwer, das Pulsieren ein ständiger, beruhigender und zugleich beunruhigender Herzschlag in ihren Händen. Marrakesch. Der nächste Schritt auf Leos Karte. Auf der Karte des Chaos. Und sie hatten nicht nur die Jäger im Nacken. Sie hatten den Schlüssel. Und einander. Für den Moment. Die Reise in die Schatten hatte gerade erst begonnen. Die Tiefe hatte ihr Geheimnis preisgegeben, und es hatte sie in ein Abenteuer gestürzt, das ihre kühnsten wissenschaftlichen Träume in den Schatten stellte – und ihre schlimmsten Albträume wahr werden ließ.

STAUB UND GEHEIMNISSE DER ME-DINA

Marrakesch, Marokko – eine Woche später

Die Hitze schlug Ben Adler wie eine feuchte, unsichtbare Mauer entgegen, als er den klimatisierten Minibus verließ. Der Geruch war ein betäubender Cocktail aus verbranntem Holz, scharfen Gewürzen, tausend Schweißkörpern, abgasgeschwängerter Luft und dem süßlich-beißenden Duft von frisch gegerbtem Leder. Vor ihnen erhob sich die gewaltige, rosarote Mauer der Medina von Marrakesch, durchbrochen von den berühmten Toren – Bab Agnaou, ihr Eingang, wirkte wie das Maul eines riesigen, schläfrigen Dämons. Hinter dieser Mauer tobte das Leben: ein unaufhörliches, ohrenbetäubendes Gewirr aus Rufen, Hupen, Gebetsrufen, Musik und dem Klirren von Metall.
Elara Vance neben ihm zog den leichten, sandfarbenen Schal enger um Kopf und Schultern. Ihre Augen, hinter einer großen Sonnenbrille versteckt, waren wachsam, aber auch fasziniert. „Willkommen im größten Irrgarten der Welt", murmelte sie, während sie den schweren, getarnten Rucksack mit der Scheibe – nun in mehreren Lagen schall- und thermoisolierendem Spezialgewebe verpackt – fester auf ihren Rücken

schnallte. „Und zum Hauptquartier unseres nächsten Fragments."

Ben kniff die Augen gegen die gleißende Sonne zusammen. Sein schwarzes T-Shirt klebte bereits an seinem Rücken. „Hauptsache, es ist klimatisiert dort unten", brummte er. „Und hoffentlich frei von Kerlen in schwarzen Anzügen." Die Flucht von Lokrum war haarig gewesen – eine nächtliche Überfahrt in einem klapprigen Fischerboot nach Montenegro, dann eine Odyssee über Land durch die Balkanstaaten mit gefälschten Pässen (organisiert über Bens schwindende, aber noch existierende Kontakte aus seiner BND-Zeit), schließlich ein Charterflug nach Marrakesch. Die Scheibe hatte unterwegs zweimal „geglüht" – kurze, intensive Energieausbrüche, die jedes Mal Bens Alarmglocken schrillen ließen. Ein Leuchtfeuer für ihre Jäger. Sie mussten schnell sein. Die Scheibe selbst hatte seit Lokrum geschwiegen. Keine weiteren Visionen, nur ein konstantes, schwaches Pulsieren, das Elara als „Stand-by-Modus" interpretierte. Aber der Eindruck, den sie Elara eingebrannt hatte, war klar: Das nächste Fragment lag verborgen unter dem Herz der Medina, bewacht von einem „Hüter des Schweigens" – einem Sufi-Meister namens Moulay Hassan, der über eine verbotene Bibliothek wachte. Ein Name, den selbst das Darknet nicht kannte. Sie betraten den Dschungel.

***

Die Medina war Chaos in Reinkultur, eine überwältigende Sinnesüberflutung. Enge, überdachte Gassen
(Souks) schlängelten sich in alle Richtungen, angefüllt
mit einem schier endlosen Strom von Menschen.
Händler preisen bunte Berberteppiche, glitzernde Lat-
ernen, Berge exotischer Gewürze in satten Gelb-, Rot-
und Brauntönen, scharfe Messer, gefälschte De-
signeruhren und lebende Hühner an. Das Gedränge
war erbarmungslos; Ben musste Elara mehrfach vor
übereifrigen Karrenziehern oder einem plötzlich auftauchenden Moped retten, das wie ein wütendes Insekt
durch die Menschenmenge schoss. Die Luft war
staubig, heiß und schwer von Gerüchen, die zwischen
betörend und abstoßend pendelten.
„Fühle mich wie ein Goldfisch im Becken eines
Wahnsinnigen", murmelte Ben, während er einen
Händler, der ihm zu aufdringlich eine „echte" Fossilie
aufschwatzen wollte, mit einem eisigen Blick und
einem knappen „*La, shukran*" abwimmelte. Seine
Sinne waren auf Hochtouren, scannten Gesichter,
Schatten, Reflexe. Jeder zweite Mann in einer Djellaba
konnte ein Ordo-Spion sein. Die engen Gassen waren
perfekt für einen Hinterhalt.
Elara navigierte mit ruhiger Entschlossenheit, ein GPS-
Gerät diskret in der Hand, das auf eine grobe Karte des
unterirdischen Marrakesch programmiert war –

basierend auf Fragmenten alter Stadtpläne und ihren eigenen, durch die Scheibe gewonnenen Eindrücken.

„Wir müssen in Richtung Ben Youssef Medersa", sagte sie leise. „Die Bibliothek soll irgendwo in der Nähe liegen, verbunden mit einem Netzwerk alter Zisternen und Lagerräume."

Plötzlich blieb Ben stehen. Seine Hand schoss warnend auf Elaras Arm. „Da. Blauer Fleck. Elf Uhr. Dachkante." Hoch oben, wo die Strohmatten der Marktbedachung an die Lehmziegelwände grenzten, hatte sich für einen Moment etwas Bläuliches bewegt. Kein Stoff. Metallisch. Ein Visier?

Verstärkung ist da. die Botschaft krabbelte eiskalt seinen Rücken hinauf. Sie wurden gejagt. Und hier, in diesem Labyrinth, waren sie wie in einer Falle.

„Zeit für einen Kostümwechsel", sagte Ben knapp. Er zog Elara in einen engen Seitengang, der nach Leder und Henna roch. Vor einem kleinen Laden mit bunten Stoffbergen zögerte er keine Sekunde. „Zwei Djellabas. Einfach. Dunkel. Schnell." Er knallte ein Bündel marokkanischer Dirham auf den Tresen. Der alte Händler, überrascht von der Direktheit und der Summe, nickte eifrig und hielt zwei einfache, dunkelbraune Woll-Djellabas hoch.

Ben zog die weite, sackartige Robe über seine schwarze Kleidung. Sie war rau, heiß und roch nach Schaf.

Er fühlte sich lächerlich. „Ich sehe aus wie ein wandelnder Kaffeesack", knurrte er, während er die Kapuze tief ins Gesicht zog.

Elara, bereits in ihrer eigenen Djellaba, kämpfte gegen ein Lächeln. „Der Kaffeesack rettet vielleicht dein Leben. Beweg dich schlurfend. Nicht so... *deutsch* aufrecht." Sie zahlte schnell und zog ihn weiter. „Und jetzt: Verschmelzen mit der Menge."

Die Verfolgung wurde zu einem nervenaufreibenden Katz-und-Maus-Spiel. Sie wechselten häufig die Richtung, schlugen scheinbar ziellos Haken, nutzten Menschenansammlungen vor Teestuben oder Moscheen als Deckung. Einmal sahen sie deutlich zwei Männer in westlicher Kleidung, aber mit der unnatürlichen Aufmerksamkeit und der präzisen Koordination der Ordo, die systematisch eine Gasse absuchten. Ben drückte Elara gegen eine Wand, bedeckte sie mit seiner breiten Djellaba, als wären sie ein liebestolles Paar in einer Nische. Der Geruch von Schafwolle und ihrem Schweiß vermischte sich. Sie hielt den Atem an. Die Ordo-Männer gingen vorbei, ihre Blicke glitten über sie hinweg, ohne zu haften. Die Tarnung funktionierte. Fürs Erste.

Nach weiteren gefühlten Stunden in dem stickigen Labyrinth, vorbei an der beeindruckenden, aber für sie uninteressanten Ben Youssef Medersa, erreichten sie einen weniger frequentierten Teil der Medina.

Die Läden wurden kleiner, die Waren weniger touristisch, mehr Alltagsbedarf. Der Geruch von frischem Brot mischte sich mit dem von Abfall. Elara studierte ihr GPS und dann eine unscheinbare, grün gestrichene Holztür neben einem kleinen Lebensmittelladen. Darüber ein altes, verwittertes Schild mit arabischer Schrift und dem Symbol einer offenen Hand – die Hand der Fatima, ein Schutzsymbol.

„Das ist es", flüsterte Elara. „Der Eingang zum *Dar al-Samt* – dem Haus des Schweigens."

Ben musterte die Tür skeptisch. „Sieht aus wie der Hinterausgang eines Gemüsehändlers. Sicher?"

Elara nickte. „Die Scheibe… sie reagiert." Tatsächlich spürte Ben ein leichtes, warmes Vibrieren aus dem Rucksack auf ihrem Rücken. Sie klopfte in einem komplexen Rhythmus gegen das Holz – drei kurz, zwei lang, eine Pause, dann ein langer. Ein verborgenes Schloss klickte. Die Tür öffnete sich knarrend, ein Spalt. Ein altes, faltenreiches Gesicht mit wachen, tief liegenden Augen, umrahmt von einem schneeweißen Turban, blickte heraus.

„*Salam alaikum*", sagte Elara ruhig. „Wir suchen den Weg zum Wissen, das im Schweigen ruht. Wir wurden geschickt vom… ersten Wirbel." Sie benutzte bewusst die poetische Umschreibung für *Chaos Primus*, die ihr in den Sinn kam.

Die alten Augen musterten sie, dann Ben in seiner unglücklichen Djellaba, mit einem Ausdruck, das zwischen Weisheit und Belustigung schwankte. „*Wa alaikum salam*", erwiderte eine sanfte, aber klare Stimme. „Der Wirbel sendet selten Besuch, der so sehr nach Ärger riecht. Kommt herein. Schnell." Die Tür öffnete sich weiter.

***

Sie traten in eine kühle, dämmrige Welt ein. Der Raum hinter der Tür war klein, vollgestopft mit Büchern in brüchigen Ledereinbänden, duftenden Kräuterbündeln und alten Teppichen. Eine schmale, steile Treppe führte nach unten. Die Luft roch nach Sandelholz, altem Papier und einer schweren, friedlichen Stille, die nach dem Tumult der Medina fast schmerzhaft war. Sie folgten dem alten Mann – Moulay Hassan, wie er sich mit einer knappen Verbeugung vorstellte – in die Tiefe. Die Treppe mündete in einen gewölbten Korridor, der zu einer Reihe von Kammern führte, die in den Fels unter der Medina geschlagen waren. Es war die Bibliothek. Aber nicht wie die British Library. Dies war ein Höhlenheiligtum des Wissens. Regale aus dunklem Holz, teils morsch, waren in den Fels eingelassen und mit Manuskripten gefüllt, die älter aussahen als die Stadt darüber. Schriftrollen aus brüchigem Papyrus lagerten in Steinnischen. Die Luft war staubig und kühl. Kerzen und Öllampen warfen flackernde

Schatten an die Wände, die mit geometrischen Sufi-Symbolen und kalligrafischen Zitaten aus dem Koran und den Gedichten von Rumi bemalt waren.

Moulay Hassan führte sie in eine runde Kammer in der Mitte. In ihrer Mitte plätscherte ein kleines Becken mit kristallklarem Wasser aus einer verborgenen Quelle. Er setzte sich auf einen einfachen Teppich und deutete ihnen, es ihm gleichzutun. Seine Augen ruhten auf dem Rucksack auf Elaras Rücken. „Ihr tragt ein großes Licht… und einen großen Schatten mit euch, Tochter des Meeres. Und du, Sohn des Bruders", er nickte Ben zu, „trägst den Zorn und die Trauer wie einen Mantel. Willkommen im Dar al-Samt. Hier wird gesprochen, aber das Wesentliche bleibt im Schweigen."

Ben räusperte sich ungeduldig. „Wir sind dankbar für die Zuflucht, Meister Hassan. Aber wir haben nicht viel Zeit. Die, die uns verfolgen…"

„… folgen dem Licht eures Schattens", unterbrach Hassan sanft. „Die Sturmsoldaten. Die Handlanger der *Sâhib az-Zill* – der Herren des Schattens. Oder wie ihr sie nennt, der Schattenschmiede." Seine Worte ließen die Luft in der Kammer gefrieren. Er wusste. Er kannte die Namen.

Elara lehnte sich vor. „Sie kennen sie? Wer sind sie? Was wollen sie?"

Hassan schloss für einen Moment die Augen, als würde er in eine andere Welt blicken. „Sie sind alt, Kind. Älter als unsere Städte, älter als unsere Gebete. Sie sind nicht von dieser Welt… oder doch, aber aus einer Zeit, als sie anders war. Sie sind das Echo eines Chaos, das die Ordnung fürchtet. Sie weben das Schicksal der Menschen wie Spinnen ihr Netz, durch Religion, durch Gold, durch Krieg, durch Wissen, das sie geben und nehmen." Er öffnete die Augen wieder, und sie waren voller traurigem Wissen. „Sie fürchten die Wahrheit, die euer Fragment birgt. Denn es ist ein Teil des *Mus'haf al-Fawdâ* – des Buches des Urwirbels. Es zeigt den Ursprung. Ihre Herkunft. Und ihre Schwäche."

Ben ballte unwillkürlich die Fäuste. „Schwäche? Diese Typen fühlen sich nicht schwach an. Sie töten mit einer Beiläufigkeit, die erschreckend ist."

„Ihre Macht ist groß", gab Hassan zu. „Aber sie wurzelt in der Täuschung. In der Kontrolle über die Geschichte, die den Menschen erzählt wird. Das Buch des Urwirbels… es enthüllt die wahre Geschichte. Nicht nur der Menschheit, sondern des Planeten selbst. Sein wahres Alter. Die Zyklen des Aufbaus und Zusammenbruchs. Die Rolle der Schattenschmiede als… Aufseher? Eindringlinge? Verirrte?" Er zuckte mit den Schultern. „Selbst wir, die Hüter, wissen es nicht vollständig. Wir bewahren nur das Fragment, das uns anvertraut wurde. Gegen die, die es vernichten

oder missbrauchen wollen. Gegen die Sturmsoldaten…
und gegen die, die sie lenken."

„Die Wächterloge", sagte Elara. „Die Freimaurer."

Hassan nickte langsam. „Ein Zweig. Ein mächtiger
Zweig des Baumes der Kontrolle. Sie glauben, sie
schützten die Menschheit vor der zerstörerischen
Wahrheit. Vor dem Chaos, das ihrer Meinung nach folgen würde. Sie sind die aktuellen Wächter des
Schweigens, das die Schattenschmiede verordnet hat.
Aber sie sind nur Menschen. Verführte. Gefangene
ihrer eigenen Angst und ihres Machtstrebens." Er sah
sie eindringlich an. „Hütet euch vor ihnen. Ihre Meth-
oden sind subtiler als die der Sturmsoldaten, aber nicht
weniger tödlich. Sie sind die Spinne im Zentrum des
Netzes."

Ben schüttelte ungläubig den Kopf. „Das klingt nach…
verdammtem Science-Fiction-Quatsch. Außerirdische?
Uralte Zyklen?"

Hassan lächelte leicht. „Ist es weniger wahnsinnig zu
glauben, dass ein paar Familien seit Jahrtausenden im
Verborgenen die Welt lenken, durch Banken und
Kriege? Die Wahrheit, Sohn des Bruders, ist oft selt-
samer als die kühnste Fiktion. Und sie ist hier." Er
stand auf und ging zu einer unscheinbaren Steintafel an
der Wand, die mit Sufi-Symbolen bedeckt war. Mit
einer bestimmten Abfolge von Berührungen – wie bei
einem unsichtbaren Kombinationsschloss – drückte er

einen Stein ein. Ein Teil der Wand schwang lautlos zurück und gab eine kleine Nische frei. Darin lag, auf einem Stück purpurroter Seide, das zweite Fragment. Es war kein Kristall. Es sah aus wie ein Buch, aber eines, das aus dunklem, glattem Stein gemeißelt war. Etwa so groß wie ein Taschenbuch, aber mehrere Zentimeter dick. Es hatte keine sichtbaren Seiten, nur eine glatte Oberfläche, auf der das vertraute, fließende *Chaos Primus*-Symbol eingraviert war. Es pulsierte mit demselben sanften, inneren Licht wie die Scheibe, nur in einem tieferen, ruhigeren Blau.

„Das *Sahifah al-Hajar*", sagte Hassan ehrfürchtig. „Die Steintafel. Sie enthält die Chronik des ersten Zeitalters. Die Ankunft. Das große Vergessen."

Elara stand auf, gebannt. Sie spürte die Resonanz zwischen dem Fragment in ihrem Rucksack und dem Steinbuch. Ein leises Summen erfüllte die Kammer.

„Es ist… wunderschön."

Hassan nahm das Fragment vorsichtig aus der Nische. „Ihr müsst es nehmen. Der Wirbel hat euch geführt. Das Schicksal ist in Bewegung." Er reichte es Elara.

Als ihre Finger die kühle, glatte Oberfläche berührten, floss eine Welle ruhiger, aber tiefgehender Gewissheit durch sie. Keine wilden Visionen, sondern eine stille Bestätigung. *Marrakesch war richtig. Der nächste Schritt…*

Ein dumpfer Knall von oben ließ Staub von der Decke rieseln. Stimmen. Hart. Befehle. Auf Arabisch und einer anderen, knappen Sprache. Dann Schritte auf der Treppe. Schnell. Viele.

„Sie haben das Haus gefunden!" Ben zog sofort seine Pistole. „Haben Sie einen anderen Ausgang, Meister?" Hassans Gesicht war traurig, aber nicht überrascht. „Das Licht zieht die Motten an. Folgt mir!" Er eilte nicht zur Treppe, sondern zu einer anderen Ecke der Kammer, wo ein schwerer Teppich am Boden lag. Er zog ihn beiseite und enthüllte einen eisenbeschlagenen Holzladen im Boden. Ein Griff, ein Ruck – darunter zeigte sich eine schwarze Öffnung, aus der kühle, feuchte Luft aufstieg. „Hinab! Es führt zum alten Wassersystem. Die *Qanat*. Folgt dem Wasserlauf nach Norden. Es wird euch aus der Medina führen!" Krachend barst die Holztür am oberen Ende der Treppe. Schwarze Gestalten stürmten herunter, blaue Waffenlichter suchten den Raum ab.

„Geht!" drängte Hassan. „Ich halte sie auf!" Er stellte sich vor die Öffnung, seine Haltung war plötzlich nicht mehr die eines alten Mannes, sondern eines Kriegers. In seiner Hand blinkte ein alter, gebogener Dolch. Ben zögerte keinen Moment. Er schob Elara, die das Steinbuch fest an sich presste, zur Öffnung. „Runter! Jetzt!" Sie ließ sich in die Schwärze fallen. Ben folgte, drehte sich noch einmal um. Er sah, wie die ersten

Ordo-Männer in die Kammer stürmten. Hassan bewegte sich mit überraschender Geschwindigkeit, sein Dolch blitzte, traf einen Angreifer am Arm. Ein blauer Strahl zischte, traf den alten Sufi an der Schulter. Er taumelte, aber blieb stehen, ein letzter Damm.

Ben ließ den Laden zufallen. Dunkelheit. Sie landeten mit einem Platsch in knietiefem, eiskaltem Wasser. Die Strömung war stark. Irgendwo über ihnen hörten sie gedämpfte Schläge gegen das Holz, dann einen markerschütternden Schrei – Hassans Stimme. Dann Stille.

Elara erstarrte, ein Schrei erstickte in ihrer Kehle. „Nein…"

Ben packte ihren Arm, hart. „Keine Zeit zum Trauern! *Lauf!*" Er schaltete eine Taschenlampe an. Sie standen in einem runden, gewölbten Tunnel aus altem Mauerwerk. Schmutziges Wasser strömte um ihre Beine. „Der *Qanat*! Nach Norden!"

Sie rannten, so schnell es das Wasser und der rutschige Boden zuließen. Hinter ihnen hörten sie das Holz splittern. Ordo-Männer stürzten in den Tunnel. Blaulicht suchte sie. Ein Energiestrahl zischte vorbei, traf die Wand, spritzte geschmolzenes Gestein und Dampf auf.

„Schneller!" Ben brüllte, schob Elara vor sich her. Der Tunnel mündete in einen größeren Kanal, dann in ein labyrinthartiges System von Zisternen und Wasserläufen. Riesige, unterirdische Hallen, gefüllt mit Stille und dem Echo plätschernden Wassers, Säulenreihen, die das Gewicht der Stadt über ihnen trugen. Ein monumentales, verlassenes Reich unter der Erde.

Die Ordo-Männer waren schnell und gut ausgerüstet. Sie nutzten kleine, leistungsstarke Taschenlampen und schienen das Labyrinth zu kennen. Blaue Strahlen zerschnitten die Dunkelheit, trafen knapp daneben, versengten Elaras Ärmel. Ben feuerte zurück, seine Kugeln prallten wirkungslos von den schwarzen Anzügen ab oder trafen nur Gliedmaßen. Ihre Waffen waren unterlegen.

Plötzlich öffnete sich der Gang vor ihnen zu einer riesigen, runden Zisterne. Der Raum war gigantisch, vielleicht dreißig Meter im Durchmesser, mit einer hohen Kuppel. In der Mitte, nur durch schmale Stege zugänglich, lag ein großes, dunkles Wasserbecken. Das Echo ihrer Schritte hallte gespenstisch wider.

„Sackgasse!" keuchte Elara verzweifelt.

Ben sah die Verfolger auf den Stegen hinter ihnen auftauchen. Vier Männer. Kein Entkommen. Sein Blick fiel auf die Säulen, die den Raum umgaben. Dick, massiv. „Dort! Deckung!" Sie sprangen hinter eine Säule, als ein Hagel blauer Strahlen auf sie niederging. Der Stein zerbröckelte unter dem Energiebeschuss.

„Plan?", zischte Elara, das Steinbuch fest umklammert, die Scheibe im Rucksack pulsierend wie ein Herz in Todesangst.

Ben griff in seinen Rucksack, holte etwas heraus, das wie zwei graue Tennisbälle aussah. „Improvisieren!" Er zog den Stift, warf einen der Bälle mit einem weiten Schwung über das Becken hinweg. *Klonk*. Er landete hinter den Ordo-Männern. Ein grelles, blendendes Licht explodierte, gefolgt von einem ohrenbetäubenden Knall – eine Blend- und Schockgranate. Die Ordo-Männer taumelten, ihre Nachtsichtgeräte und Sinne überlastet.

„Jetzt!" Ben stürmte hervor, nicht weg, sondern *auf* die Desorientierten zu. Er nutzte das Chaos. Ein gezielter Tritt gegen ein Knie – knack! Ein Mann schrie, stürzte ins Wasser. Ben riss einem anderen die blaue Waffe aus der Hand, schlug ihm den Kolben brutal gegen den Kopf – er sackte zusammen. Elara sah eine Chance, rannte über den schmalen Steg, versuchte, zur anderen Seite zu gelangen.

Doch die letzten beiden Männer erholten sich schneller. Einer zielte auf Elara. Ben sprang, kollidierte mit ihm, beide stürzten ins eiskalte Wasser des Beckens. Ein wilder Kampf unter Wasser entbrannte. Tritte, Schläge, das verzweifelte Ringen um Luft und die Oberhand. Die schwarzen Anzüge schienen den Trägern fast übermenschliche Kraft zu verleihen.

Elara stand am Rand, hilflos, suchte nach etwas, irgendetwas. Ihr Blick fiel auf die blaue Waffe, die neben dem bewusstlosen Ordo-Mann lag. Sie griff danach.

Sie war schwer, ungewohnt. Sie hob diese auf und
zielte zitternd auf den wirbelnden Kampf im Wasser.
Sie konnte nicht schießen, ohne Ben zu treffen!
Plötzlich tauchte Ben auf, rang um Luft. Sein Gegner
klammerte sich an ihn, versuchte, ihn unterzuziehen. In
diesem Moment sah Elara Bens Blick. Ein Blick voller
Entschlossenheit und… Erlaubnis? Sie drückte ab.
Ein blauer Strahl schoss aus der Waffe, traf den Ordo-
Mann an der Schulter, genau dort, wo sein Anzug
durch den Kampf aufgerissen war. Ein Schrei, ein Zischen, ein Geruch nach verbranntem Fleisch und Ozon.
Der Mann verkrampfte sich, seine Kraft erlosch. Ben
stieß ihn von sich, tauchte den Kopf unter, schwamm
zum Rand.
Elara half ihm heraus. Er keuchte, spuckte Wasser,
blutete aus einer Schramme an der Schläfe. „Guter
Schuss… für eine Archäologin", japste er.
Der letzte Ordo-Mann hatte sich wieder aufgerappelt
und zielte. Ben reagierte blitzschnell. Er riss Elara die
Waffe aus der Hand, zielte nicht auf den Mann, sondern auf die schwere, steinerne Deckenverzierung
über ihm. Er feuerte. Blauer Blitz traf den Stein. Ein
gewaltiges Stück Mauerwerk löste sich, krachte herab
und begrub den letzten Verfolger unter sich.
Stille. Nur ihr keuchender Atem und das Plätschern des
Wassers. Staub wirbelte in der Luft. Ben warf die

fremde Waffe verächtlich ins Becken. „Kommt hier raus. Bevor das ganze Ding einstürzt."

Sie fanden einen Ausgang, eine schmale Treppe, die nach oben führte. Sie endete in einem verlassenen Hinterhof, an einem unbekannten Ort, am Rande der Medina. Die Sonne stand tief, tauchte die Stadt in goldenes Licht. Sie waren frei. Für den Moment.

Ben lehnte sich gegen eine Mauer, trocknete sich das Gesicht ab. Elara hielt das Steinbuch fest. Es fühlte sich warm an. Lebendig. Plötzlich pulsierte sein Symbol intensiver. Ein Bild formte sich in Elaras Geist, klar und unmissverständlich, eine Skyline aus Glas und Stahl, die sich gegen einen Wüstenhimmel abhob. Ein einzelner, schwindelerregend hoher Turm, der wie eine Nadel in den Himmel stach. Und wieder das Gefühl der Dringlichkeit. *Dorthin.*

„Dubai", flüsterte sie. „Es zeigt Dubai. Den Burj Khalifa."

Ben stöhnte auf. „Natürlich. Der protzigste Ort der Welt. Perfekt, um sich zu verstecken." Er sah sie an, müde, aber entschlossen. „Hassan… er hat sein Leben gegeben. Für dieses… Buch. Und für uns."

Elara nickte, Trauer und Wut in ihren Augen. „Er hat vor der Wächterloge gewarnt. Sie sind subtiler. Aber genauso gefährlich."

Ben richtete sich auf. Seine Djellaba war zerrissen, schlammbedeckt, aber er trug sie jetzt mit einer seltsamen Würde. „Dann sollten wir ihnen einen Besuch abstatten. In ihrem gläsernen Turm. Aber zuerst…" Er sah sich um. „… brauchen wir neue Klamotten. Und einen Weg aus Marokko, der nicht auf jeder Liste steht." Ein trockenes Grinsen. „Vielleicht mit Kamelen?"

Elara schüttelte den Kopf, ein kleines, ermüdetes Lächeln auf den Lippen. „Nach allem heute? Herr Adler, nach einem Kampf in einer mittelalterlichen Zisterne gegen Hightech-Söldner? Kamel klingt da schon fast „… gemütlich." Sie hielt das Steinbuch fester. Sein Pulsieren war der Herzschlag ihrer neuen, unmöglichen Realität. Dubai wartete. Und die Schattenschmiede und ihre Wächter würden dort sein. Die Reise in die Tiefe der Geschichte führte sie in die Höhe des Wahnsinns.

SPIEGEL IM HIMMEL

Dubai, Vereinigte Arabische Emirate – Drei Tage
später

Die Hitze hier war anders als in Marrakesch. Nicht
feucht und erdrückend, sondern eine trockene, aggres-
sive Backofenhitze, die selbst nachts noch von den gigantischen Glas- und Stahlschluchten der Stadt reflek-
tiert wurde. Und über allem thronte er, der Burj Khalifa. Ein monolithischer Finger aus Spiegelglas und
Stahl, der sich achthundertdreiunddreißig Meter hoch
in den dunstigen Himmel bohrte. Ein Symbol menschlichen Größenwahns, grenzenlosen Reichtums und,
wie Ben Adler knurrend feststellte, „der perfekte Ort,
um ein geheimes Treffen von Weltverschwörern
abzuhalten. Wer sucht denn schon im hell erleuchteten
Aushängeschild?"
Sie standen auf dem Dach eines etwas niedrigeren
Hotelturms in der Dubai Marina, die Ferngläser auf das
weltweit höchste Gebäude gerichtet. Die Scheibe und
das Steinbuch, nun in einer speziell isolierten Trage-
tasche verstaut, pulsierte leise auf Elaras Rücken, ein
unruhiges Summen, das mit den Lichtern des Burj zu
synchronisieren schien. Seit ihrer Ankunft – über
Umwege, mit gefälschten Pässen als reiches Paar aus
Liechtenstein getarnt – hatte die Energie der Frag-

mente deutlich zugenommen. Es fühlte sich an wie ein Magnet, der unaufhaltsam zum Pol gezogen wurde.

„Die ,Wohltätigkeitsgala für das Weltkulturerbe'", las Elara von ihrem Tablet ab, auf dem sie die verschlüsselten Einladungslisten und Sicherheitsprotokolle der Wächterloge gehackt hatte. „Beginn 21 Uhr. Oberste Ebene ,At The Top SKY'. Exklusiver Kreis. Sicherheitsstufe… absolut hirnrissig." Sie zoomte auf einen Grundriss. „Die Fragmente werden nicht *dort* sein. Aber die Energie… sie wird genutzt. Als Quelle für etwas."

Ben senkte sein Fernglas. Sein Gesicht war im Licht der Neonreklamen hart geschnitten. „Hologramme. Hassan hat es angedeutet. Die Schattenschmiede… sie zeigen sich ihren Handlangern. Als Projektionen. Um Ehrfurcht einzuflößen. Oder Befehle zu erteilen." Er deutete auf ein Netzwerk fast unsichtbarer Antennen und Sender, die an der Spitze des Turms angebracht waren. „Da. Das ist kein normales Richtfunkzeug. Das sieht aus wie… Projektoren. Hochleistungs-Hologrammtechnik. Mit unserer Scheibe als Kraftwerk."

Elara spürte einen Schauer. Die Vorstellung, dass die Energie des Fragments benutzt wurde, um Abbilder jener unvorstellbaren Wesen zu erzeugen, war gleichermaßen faszinierend und zutiefst erschreckend.

„Wir müssen da rein. Wir müssen sehen, was sie zeigen. Und wir müssen herausfinden, wo sie die

Fragmente lagern. Die *Qanat* in Marrakesch zeigte Dubai… aber der Turm ist riesig. Das eigentliche Fragment könnte überall sein."

Ben grinste sarkastisch. „Na klar. Einfach mal eben in die weltweit am besten bewachte Privatveranstaltung spazieren. Mit zwei Artefakten im Gepäck, die wie ein nukleares Weckerklingeln für jeden Sicherheitsscanner wirken. Was könnte schon schiefgehen?"

***

Die Tarnung war perfekt. Elara in einem atemberaubenden, türkisfarbenen Abendkleid aus Seide, das ihre Figur betonte und gleichzeitig genug Platz für die dünne Isolationsweste unter dem Stoff ließ, die die Energie der Fragmente abschirmte. Ihr Haar war hochgesteckt, funkelnde, aber funktionslose Ohrringe (mit eingebautem Mikro und winziger Kamera) vervollständigten das Bild der reichen Erbin. Ben, widerwillig in einen maßgeschneiderten, anthrazitfarbenen Tom-Ford-Anzug, sah aus wie ein finsterer Milliardär oder ein überbezahlter Leibwächter – beides passte. Ihre falschen Pässe und die eingepflanzten RFID-Chips in ihren Einladungen waren Meisterwerke von Bens Kontaktmann in Moskau.

Dennoch war das Sicherheitsprotokoll im Burj Khalifa eine andere Dimension. Sie passierten einen äußeren Ring mit Gesichtserkennungskameras und Wärmescannern. Dann einen inneren Ring mit Körperscannern, die auf metallische und nicht metallische Bedrohungen analysierten, und schließlich eine manuelle Kontrolle durch steinern blickende Sicherheitskräfte in maßgeschneiderten Anzügen, die weniger nach Hotelpersonal, sondern nach Elitesoldaten aussahen. Die Isolationsweste hielt stand, registriert als „medizinisches Hilfsmittel". Elaras Puls raste.

Dann betraten sie die „At The Top SKY"-Etage. Die Aussicht war atemberaubend – ganz Dubai lag ihnen zu Füßen, ein funkelndes Lichtermeer, das sich bis zum Horizont erstreckte. Doch die Atmosphäre im Raum war alles andere als entspannt. Es war eine Gala, ja. Champagner floss, kostbarste Häppchen zirkulierten auf Silbertabletts, eine dezente Streichergruppe spielte. Aber die Gäste… sie waren die weltweit unauffälligsten Mächtigen. Keine lauten Oligarchen, keine protzigen Scheichs. Männer und Frauen in makelloser, aber diskreter Kleidung, mit Gesichtern, die Erfahrung, Intelligenz und eine fast beunruhigende Ruhe ausstrahlten. Sie sprachen leise, in kleinen Gruppen. Die Luft vibrierte vor konzentrierter Macht. Das war kein gesellschaftliches Ereignis. Es war ein Kriegsrat der globalen Schattenregierung. Die Wächterloge.

„Entspannt euch, Kinder", murmelte Ben und nahm zwei Sektgläser vom Tablett eines vorbeischwebenden Kellners. Er reichte eines Elara. „Sieht aus wie die

Hauptversammlung von ‚Böse AG'. Alles nur ganz normale, superreiche Menschenfreunde." Sein Sarkasmus war eine dünne Decke über der Anspannung. Seine Augen scannten unablässig den Raum, suchten nach Kameras, Wachen, Zugängen.

Elara spürte es sofort. Die Fragmente auf ihrem Rücken – sie *reagierten*. Ein intensives, heißes Pulsieren, das durch die Isolierung drang. Ihre Aufmerksamkeit wurde zu einer erhöhten Plattform in der Mitte des Raumes gezogen. Dort stand ein schlichter, aber massiver Sockel aus schwarzem Stein. Auf ihm ruhte… nichts? Doch. Die Luft über dem Sockel flimmerte leicht. Und das Pulsieren der Fragmente synchronisierte sich mit diesem Flimmern. Die Energiequelle. *Ihre* Scheibe war hier. Versteckt. Irgendwo. Aber ihr Kraftfeld wurde angezapft.

Plötzlich erloschen die Hauptlichter. Nur die funkelnde Stadtlandschaft draußen und dezente Notbeleuchtung blieben. Ein kollektives, erwartungsvolles Schweigen breitete sich aus. Die Streicher verstummten.

Dann geschah es.

Über dem schwarzen Sockel materialisierte sich Licht. Nicht als Bild, sondern als *Präsenz*. Zuerst nur Umrisse – groß, schlank, nicht ganz menschlich in den Proportionen. Dann Details. Die Wesen erschienen nicht als feste Körper, sondern als fließende Konzentrationen von Licht und Schatten. Sie hatten keine klaren Gesichter, nur andeutungsweise Strukturen, die an überdimensionale, mandelförmige Augen oder sensorische Organe erinnerten. Ihre „Körper" schienen aus sich ständig neu formender Energie zu bestehen – mal blendend weißgolden, mal tiefviolett, mal in ein Schwarz, das das Licht der Stadt zu schlucken schien. Sie standen (schwebten?) regungslos, drei an der Zahl. Doch die Energie, die von ihnen ausging, war physisch spürbar. Ein Druck auf der Brust. Ein Knistern in der Luft. Ein Gefühl von unendlicher, eisiger Überlegenheit und *Alter*. Die *Unsichtbaren*. Die Schattenschmiede.

Ein Raunen ging durch die Eliteversammlung. Ehrfurcht. Angst. Unterwerfung. Ein älterer Mann mit silbernem Haar und dem Gesicht eines geborenen Diplomaten – Aris van der Leyen, wie Ben ihn aus verschwommenen BND-Dossiers erkannte – trat vor. Er verbeugte sich tief. „Ehrwürdige Hüter. Die Ordnung wird gewahrt."

Keine Worte. Kein Ton. Aber eine *Antwort* flutete den Raum. Nicht in den Ohren, sondern direkt im Geist. Eine kalte, klare Resonanz, die keinen Widerspruch duldete. Bilder, Eindrücke, Befehle:

Ein Planet, von gigantischen Stürmen umtost.

Ein Netz aus Licht, das die Erde umspannte, mit Knotenpunkten an bestimmten Orten (Lokrum, Marrakesch, Dubai, Oman, Fuerteventura).

Ein Gefühl von… Unruhe. Eine Störung im Netz. Zwei Punkte des Widerstands. (Elara und Ben spürten eine eisige Nadel der Aufmerksamkeit, die sie durchdrang).

Ein Befehl: Vernichtung. Wiederherstellung der Stille. Eliminierung der Störung. Sicherung der Fragmente. Der Zyklus darf nicht gestört werden.

Die Projektionen flackerten, als die Energie der Scheibe unter der Belastung schwankte. Van der Leyen nickte eifrig. „Es wird geschehen, Ehrwürdige. Die Sturmtruppen sind mobilisiert. Die Störung wird beseitigt. Die Fragmente werden sichergestellt. Die Ordnung…"

Ben packte Elaras Arm. „Jetzt. Während sie abgelenkt sind. Die Scheibe muss in der Nähe sein. Unten. Im Technikgeschoss oder in einem abgeschirmten Raum unter dieser Plattform."

Sie schlugen sich vorsichtig durch die andächtig starrende Menge. Ben hatte einen kleinen, tragbaren Scanner dabei, der auf die spezifische Energieemission der Fragmente kalibriert war.

Er summte leise, je näher sie einer versteckten Tür hinter einem schweren Vorhang am Rand der Plattform kamen. Ein fast unsichtbares Keypad.

„Kannst du das?", flüsterte Elara.

Ben zog ein kleines Gerät aus der Jackentasche, klebte es an das Pad. Ein leises Surren. „Altes Modell. Kinderspiel." Ein grünes Licht. Die Tür schlüpfte lautlos auf. Dahinter führte eine schmale Servicetreppe nach unten. Der Scanner heulte leise auf.

Sie stiegen hinab, in den Bauch des Giganten. Die Geräusche der Gala verstummten. Hier roch es nach Kühlmitteln, Ozon und Stahl. Rohrleitungen, Kabelbündel, Klimaanlagen. Und das Pulsieren der Scheibe war hier viel stärker. Es führte sie zu einer schweren, stählernen Tür mit einem biometrischen Scanner.

„Verdammt. Retina und Handfläche", murmelte Ben. „Das ist kein Kinderspiel mehr." Er zog ein kleines, mit klarer Flüssigkeit gefülltes Röhrchen und eine dünne, gummiartige Folie aus einer anderen Tasche. „Hoffen wir, dass van der Leyen nicht erst kürzlich seine Fingerabdrücke geändert oder eine Augeninfektion hat." Er trug die Flüssigkeit (eine Suspension mit DNA-Spuren, die er von van der Leyens Weinglas bei der Gala gestohlen hatte) auf den Scanner auf und presste die Folie (einen Abzug eines klaren Fingerabdrucks vom selben Glas) auf das Handflächenlesefeld. Gleichzeitig hielt er ein hochauflösende Foto von van der Leyens Auge auf den Retinascanner. Der Scanner zögerte, blinkte gelb… dann grün. Die Tür öffnete sich.

Der Raum dahinter war klein, klimatisiert bis zur Kälte. In der Mitte stand ein technisches Monstrum: Eine Art Generator, durch den ein Netz aus blau leuchtenden Kabeln und optischen Fasern verlief. In seinem Herz, geschützt durch eine durchsichtige Hülle aus einem Material, das wie gehärteter Diamant aussah, schwebte *ihre* Scheibe. Sie pulsierte in einem langsamen, aber mächtigen Rhythmus, verbunden mit dem Generator. Das Licht der Hologramme oben speiste sich direkt aus ihr.

„Bingo", flüsterte Ben. „Unser Souvenir."

Doch als sie einen Schritt auf die Scheibe zugingen, ertönte ein schriller Alarm. Rote Lichter blitzten auf. Eine metallische Stimme sprach aus versteckten Lautsprechern: *„Unautorisierter Zugang Level Delta. Sicherheitsprotokoll Sigma aktiviert. Eindringlinge identifiziert."*

„Falsche DNA-Spur!", fluchte Ben. „Er hat einen sekundären Verifikationscode! Schnell!"

Elara rannte zur Scheibe. Die Hülle war kugelförmig, ohne sichtbare Öffnung. Sie zog den kleinen, aber leistungsstarken Plasmaschneider aus ihrem Abendtäschchen (ein Geschenk von Bens Moskauer Freund) und setzte ihn an. Blaue Funken sprühten, als das Schneidgerät gegen die diamantene Hülle arbeitete. Langsam. Zu langsam.

Hinter ihnen krachten Schritte die Treppe herunter. Schwarz gekleidete Sicherheitskräfte der Wächterloge, keine Ordo-Truppen, aber mit ebenso tödlichem Blick und modernsten Maschinenpistolen bewaffnet. „Hände hoch! Vom Gerät weg!"

Ben zog seine Pistole – eine kleine, aber wendige Sig Sauer P365 – und eröffnete das Feuer, nicht um zu treffen, sondern um Deckung zu geben. *Paff! Paff! Paff!* die Schüsse hallten in dem engen Raum. Die Sicherheitsleute warfen sich zur Seite, erwiderten das Feuer. Kugeln prallten von Maschinen ab, durchschlugen Rohre, aus denen Dampf oder Kühlmittel zischte.

„Elara! JETZT!"

Mit einem letzten Aufheulen durchtrennte der Plasmaschneider die Hülle. Sie sprang auf. Elara griff hinein, packte die pulsierende Scheibe. Ein Schock durchfuhr sie, als ihre Haut das Material berührte – Bilder von Wüste, von endlosem Sand, von einem verborgenen Ozean unter der Erde. Sie riss die Scheibe heraus. Sofort erloschen die Lichter im Generator. Oben, auf der Gala-Etage, erloschen auch die Hologramme der Unsichtbaren mit einem letzten, empörten Aufblitzen.

Das Chaos war perfekt. Das Licht ging aus, nur die roten Alarmlampen und die Funken aus beschädigten

Geräten erhellten den Raum. Ben warf eine kleine Rauchgranate. Dichter, weißer Rauch füllte sofort den Raum. „Zur Tür!" Er schob Elara vor sich her, feuerte blind in den Rauch, um die Sicherheitsleute niederzuhalten.

Sie stürmten zurück, die Treppe hoch. Oben war Panik ausgebrochen. Die Gäste der Wächterloge, ihrer göttlichen Projektion beraubt und vom Alarm erschreckt, drängten zu den Aufzügen. Sicherheitskräfte versuchten, Ordnung zu schaffen. Ben und Elara mischten sich unter die Menge, nutzten die Verwirrung.

„Sie da! Halt!" Van der Leyens Stimme schnitt durch das Chaos. Er hatte sie entdeckt, zeigte mit zitterndem Finger. „Sicherheit! Die Eindringlinge! Fassen Sie sie!"

Die Jagd begann. Nicht durch die Souks, sondern durch den Himmel.

Sie rannten zum Aufzug. Ben schlug den „Notaus"-Knopf ein, brachte alle Aufzüge zum Stehen. „Treppenhaus!" Sie stürzten durch eine Feuerschutztür in den nackten Betonschacht des Treppenhauses. Unendlich viele Stufen zogen sich nach unten. Hinter ihnen krachten die Türen auf. Loge-Sicherheit, jetzt koordiniert und wütend.

Sie rannten. Treppe um Treppe. Elaras hochhackige Schuhe waren eine Qual, sie riss sie ab, rannte barfuß weiter über den rauen Beton. Die Scheibe in einer

Hand brannte wie ein Stück glühender Kohle. Die Verfolger waren jünger, fitter, besser ausgerüstet. Sie schlossen auf.

„Zu langsam!" Ben riss eine weitere Tür auf – nicht nach unten, sondern auf eine Etage mit Büros. Sie rasten durch leere, dunkle Räume mit atemberaubendem Blick auf die Stadt. Die Verfolger direkt hinter ihnen. Ein Schuss krachte, ein Fenster zersplitterte. Ben erwiderte das Feuer, zwang die Verfolger in Deckung.

„Dort!" Elara zeigte auf ein Fensterreinigungsgerüst, das an der Außenfassade hing. Eine wahnwitzige Idee. Die Einzige.

Ben zögerte keine Sekunde. Er schlug mit dem Kolben seiner Pistole die Scheibe ein. Eiskalter Wind peitschte herein. „Nach dir!" Elara kletterte durch das zerbrochene Fenster auf das schmale, schwankende Gerüst. Hunderte Meter Leere unter ihr. Der Wind riss an ihrer Kleidung. Ben folgte, zog die Tür hinter sich zu und verkeilte sie mit einem Stück Stahlrohr, das er vom Gerüst riss.

Sie kletterten. Nicht nach unten. Nach *oben*. Das Gerüst führte zu einer Wartungsplattform. Von dort aus führte eine Leiter weiter, fast bis zur Spitze. Die Verfolger kamen durch andere Fenster auf andere Gerüste. Schüsse piffen durch die Nacht, trafen Funken aus dem Stahl neben ihnen. Ben kletterte wie ein Berserker, zog Elara hinter sich her. Die Aussicht war atemberaubend und tödlich. Dubai lag unter ihnen wie ein gigantischer, funkelnder Schaltkreis.

Sie erreichten eine Plattform direkt unter der Spitze. Kein Weiterkommen. Die Verfolger kamen von unten, kletterten wie mechanische Spinnen. Ben sah sich verzweifelt um. Sein Blick fiel auf einen Notausgang – eine Luke im Dach der Plattform, die zu einer technischen Ebene im Turmhelm führte. Sie war verschlossen. Ein massives Vorhängeschloss.

„Scheiße!" Er zog seine letzte kleine Sprengladung – eine klebrige, formbare Masse. „Duck dich!" Er klebte sie an das Schloss, zündete sie. Eine kleine, aber heftige Detonation. Das Schloss flog weg. Er riss die Luke auf. „Rein!"

Sie ließen sich in eine enge, mit Kabeln und Antennen verstopfte Ebene fallen. Ben schlug die Luke hinter sich zu, verkeilte sie mit einem Metallstab. Hämmern von außen. Sie hatten nur Sekunden.

Hier oben war das Summen der Projektoren noch laut. Elara spürte die Resonanz der Scheibe. Sie führte sie zu einer unscheinbaren Wandverkleidung. Dahinter ein kleiner Safe. Biometrisch. Van der Leyens Zugriff. Keine Zeit für Tricks.

Ben setzte den Plasmaschneider an. „Halte die Scheibe bereit. Wenn das Ding offen ist, packen wir es und verschwinden!"

Während der Schneider arbeitete, dröhnte ein neues Geräusch durch die Struktur des Turms. Ein tiefes, mechanisches Brummen. Drohnen. Schwarze, wespengroße Killerdrohnen mit kleinen, blau leuchtenden Linsen an der Unterseite schwirrten durch die zerbrochenen Fenster unten und richteten sich auf sie aus.

„Ben!"

„Fast… da!" Mit einem Zischen durchtrennte der Plasmaschneider das Schloss des Safes. Ben riss die Tür auf. Darin lag, auf schwarzem Samt das dritte Fragment. Es war ein perfektes Oktaeder, etwa faustgroß, aus einem klaren, aber innerlich pulsierenden Kristall. Sein Licht war kalt, blau-weiß, wie gefrorenes Sternenlicht. *Sahifah al-Zalzal* – Die Tafel des Bebens? Der Name schoss Elara durch den Kopf. Sie griff hinein, packte das Oktaeder. Im selben Moment berührte sie ihn mit der Scheibe, die sie in der anderen Hand hielt.

Eine Explosion von Energie. Nicht schmerzhaft, sondern *vereinigend*. Scheibe, Steinbuch und Oktaeder – sie pulsieren im gleichen Rhythmus, ihre Lichter verschmolzen zu einem einzigen, blendend weißen Strahl, der für einen Sekundenbruchteil durch die offene Luke in den Himmel schoss. Und in diesem Licht, in diesem Moment absoluter Verbindung, *sahen* sie es, kein Bild. Eine Koordinate. Präzise. Eingebrannt in ihr Be-

wusstsein. *Wüste. Oman. Leeres Viertel. Ein Punkt.
Tief unter dem Sand.*

Dann krachten die Drohnen durch die verkeilte Luke.
Vier Stück. Sie schwirrten auf, ihre blauen Linsen zielten.

„RUNTER!" Ben riss Elara zu Boden. Blaue Energiestrahlen zischten über sie hinweg, trafen Antennen,
ließen sie in Funkenregen explodieren. Ben feuerte mit
seiner Pistole, traf eine Drohne, die in einem kleinen
Feuerball zerbarst. Die anderen wichen aus, unheim-
lich wendig. Er zog Elara hoch. „Zum Aufzugsschacht!
Die Luke dort!"

Sie krochen unter den Strahlen hindurch, erreichten
eine weitere Luke im Boden, die zum Aufzugsschacht
führte. Ben riss sie auf. Ein leerer Schacht. Dunkelheit.
Hunderte Meter tief. Das Brummen der Drohnen kam
näher.

„Vertraust du mir?", schrie Ben über den Lärm.
Elara sah in seine Augen, sah die Todesdrohnen, sah
den Abgrund. Sie nickte. Kein Zögern. „Immer!"
Ben packte sie um die Taille. „Dann spring!" Sie
sprangen zusammen in die Schwärze.

Sie fielen. Sekunden, die sich wie Ewigkeiten anfühlten. Der Wind heulte. Dann – ein Ruck. Bens freie
Hand hatte ein Sicherungsseil gepackt, das für
Wartungsarbeiten im Schacht hing. Sie schwangern,
krachten gegen die Betonwand. Ben stöhnte auf. Die

Drohnen schwirrten durch die offene Luke, zielten nach unten.

Ben löste eine Klemme an seinem Gürtel. Sie rutschten das Seil hinunter, viel zu schnell. Mit den Füßen voran rasten sie einem Aufzug entgegen, der langsam nach oben fuhr. Ben zog Elara eng an sich, kauerte sich zusammen. Sie krachten durch das Dach des Aufzugs! Glas und Metall splitterten. Sie landeten hart auf dem Boden der Kabine, umringt von entsetzten, fein gekleideten Gästen, die nach unten fuhren.

Ben rappelte sich auf, zog Elara hoch. „Aussteigen! Jetzt!" Er drückte den Notstopp-Knopf. Die Tür öffnete sich. Sie waren auf einer Parketage. Sie stürmten hinaus, ließen die schockierten Gäste zurück. Vor ihnen, ein Parkhaus. Luxuskarossen, so weit das Auge reichte. Ben zielte auf einen schlanken, tiefrot lackierten Ferrari SF90 Stradale. Er schoss das Fenster ein, überbrückte die Zündung mit einem Draht. Der Motor heulte auf, ein wütendes, technisches Gebrüll. „Rein!" Elara sprang auf den Beifahrersitz, die Fragmente fest umklammert. Ben trat das Gaspedal durch. Der Ferrari schoss aus der Parklücke, raste die Rampe hinunter, Reifen kreischend. Hinter ihnen tauchten schwarze SUVs der Loge-Sicherheit und Motorräder der Ordo Tempestatis auf, die nun offen zusammenarbeiteten. Die Jagd durch Dubais nächtliche Straßen begann.

Es war ein Albtraum aus Geschwindigkeit und Präzision. Ben jagte den Ferrari durch die mehrspurigen Highways der Sheikh Zayed Road, schlängelte sich zwischen spätabendlichem Verkehr hindurch, raste über Zubringer. Die Verfolger waren gnadenlos, nutzten schwerere Fahrzeuge, um andere Autos beiseite zu drängen. Schüsse krachten, Kugeln durchschlugen die Heckscheibe des Ferraris. Elara duckte sich, hielt die Fragmente fest.

Dann die Marina. Enge Straßen, gesäumt von schimmernden Wolkenkratzern und luxuriösen Jachten. Ben raste die Uferpromenade entlang, der Ferrari ein roter Blitz auf dem schwarzen Asphalt. Die Verfolger direkt hinter ihm. Plötzlich bog er scharf ab, raste über eine Brücke auf die künstlichen Inseln der Palm Jumeirah. Die Straßen hier waren kurvig, gesäumt von protzigen Villen. Perfekt für ein Fahrzeug wie den Ferrari. Ben drückte den Supersportwagen an seine Grenzen, driftete um Kurven, ließ die Reifen heulen. Er schüttelte einen SUV ab, der in eine Palmenreihe krachte. Aber die Ordo-Motorräder waren wendiger, schneller. Sie holten auf.

Und dann tauchten sie wieder auf, die Drohnen. Kleine, wendige Killer aus der Luft. Sie schossen aus den Seitengassen, blau leuchtende Linsen zielten. Energiestrahlen zischten, trafen die Straße vor ihnen, hinter ihnen. Ein Strahl streifte den Heckspoiler des Ferraris, ließ Carbon verdampfen.

Ben fluchte, riss das Steuer herum, um einem Strahl auszuweichen. Sie rasten auf einen Kreisverkehr zu. „Halte dich fest!" Er trat Bremse und Gas gleichzeitig, riss die Handbremse. Der Ferrari drehte sich um die eigene Achse, ein perfekter, kreischender 180-Grad-Drift. Für einen Moment fuhren sie rückwärts, den Verfolgern entgegen. Ben ließ die Handbremse los, trat wieder Vollgas. Der Ferrari schoss vorwärts, jetzt *auf* die überraschten Motorradfahrer zu. Zwei kollidierten miteinander, stürzten. Der Dritte wich aus, verlor die Kontrolle, krachte gegen eine Mauer.

Aber die Drohnen waren noch da. Und die SUVs. Und sie näherten sich dem Ende der Insel. Vor ihnen, das Meer. Eine Sackgasse.

Ben sah Elara an. Ein wildes Grinsen. „Schwimmen wir?"

In diesem Moment schoss etwas Großes und Dunkles aus einer Seitenstraße. Ein riesiger, schwarzer Geländewagen – ein modifizierter Mercedes G63 AMG mit bulligen Stoßstangen und verdunkelten Scheiben. Er schob sich rücksichtslos zwischen den Ferrari und die nächste Drohne, die gerade einen Strahl abfeuerte. Der Strahl traf den Geländewagen, hinterließ eine geschmolzene Delle, aber hielt ihn nicht auf. Das Fenster des Fahrers ging herunter. Eine Hand mit einer

großkalibrigen Pistole tauchte auf. *Boom! Boom!*
Zwei Drohnen explodierten in der Luft.

„Wer…?", rief Elara.

„Keine Ahnung! Aber er deckt uns! Zum Strand!" Ben
raste die letzte Straße hinunter, direkt auf einen privat-
en Strandabschnitt einer Villa zu. Er durchbrach eine
schwache Bambusbarriere, der Ferrari sprang über die
Uferpromenade, landete hart auf dem Sand, rutschte
seitlich. Ben kämpfte um die Kontrolle. Der schwarze
Geländewagen folgte, pflügte durch den Sand, stellte
sich schützend zwischen sie und die Straße, wo die letzten SUVs und eine Drohne auftauchten. Ein Gefecht
entbrannte. Der Fahrer des G-Wagens feuerte präzise
Schüsse, hielt die Verfolger in Schach.

Ben brachte den Ferrari zum Stehen. „Raus! Zum
Wasser!" Sie sprangen hinaus, wateten durch das kni-
etiefe Wasser der Küste. Irgendwo am Horizont, halb
verdeckt durch die Palmen der Insel, lag ein kleines,
dunkles Motorboot mit laufendem Motor. Ein Mann
winkte ihnen hektisch.

Sie schwammen. Ben zog Elara hinter sich her. Kugeln
pflügten das Wasser um sie herum. Eine traf Elaras
Oberarm. Sie schrie auf, tauchte unter. Ben zog sie
wieder hoch, schwamm weiter. Das Boot war nah.
Hände zogen sie an Bord. Der Motor heulte auf, das
Boot drehte scharf ab und schoss mit hoher
Geschwindigkeit aufs offene Meer hinaus. Der

schwarze Geländewagen am Strand ließ noch eine Rauchgranate ab, dann raste er davon, verschwand in den Gassen der Insel.

Ben keuchte, spuckte Salzwasser aus. Elara lag am Boden des Bootes, presste die Hand auf ihre blutende Schulter, die Fragmente immer noch sicher in ihrem Arm. Der fremde Bootsführer, ein dunkelhäutiger Mann mit ruhigen Augen und nautischem Tattoo am Hals, nickte ihnen nur kurz zu. „Wird überwacht. Sprechen später. Erst mal weg hier."

Ben sah zurück. Auf dem Strand standen die Ordo- und Loge-Männer, machtlos. Auf dem Dach einer nahen Villa stand eine einzelne Gestalt und beobachtete sie durch ein Fernglas: Aris van der Leyen. Neben ihm, unverkennbar in seiner Haltung, ein weiterer Mann – groß, breitschultrig, mit einer Narbe über einem Auge, das durch das Fernglas kalt funkelte: Silas Thorne, Kommandant der Ordo Tempestatis. Van der Leyen sprach eifrig in ein Funkgerät. Thorne senkte langsam das Fernglas. Seine Lippen formten ein Wort, das Ben auch ohne Ton verstand: *Jagd.* es war kein Zufall, dass beide Männer hier waren. Die Koordination war perfekt. Die Wächterloge und die Ordo Tempestatis jagten nun vereint.

Ben sackte gegen die Reling, das Adrenalin wich langsam, ließ ihn zittern. Er sah zu Elara, die bleich, aber bei Bewusstsein war. Ihr Blick traf seinen. Angst.

Erschöpfung. Aber auch ein Funken von etwas anderem. Vertrauen. Verbundenheit durch das überlebte Grauen. Er legte eine Hand kurz auf ihre unverletzte Schulter. „Alles in Ordnung?"

Sie nickte, ein schwaches Lächeln. „Nur ein Kratzer. Und du?"

„Alles noch dran." Er sah auf die Fragmente, die sie hielt. Die Scheibe, das Steinbuch, der Oktaeder. Sie pulsieren jetzt ruhiger, aber in tiefer Harmonie. Die Koordinate brannte in seinem Geist, klar wie ein Neonzeichen: *Wüste. Oman. Leeres Viertel.* der nächste Schritt. Die Reise führte sie von den höchsten Spiegeln des Himmels in die tiefsten Geheimnisse der Erde. Und die Schattenschmiede, ihre Wächter und ihre Sturmsoldaten würden ihnen bis in die Hölle folgen.

DAS WASSER UNTER DEM SAND

Rub al Khali, Oman – Das „Leere Viertel" – Zwei Wochen später

Die Hitze hier war kein Klima. Sie war eine Bestrafung. Eine allgegenwärtige, brutale Gewalt, die die Luft über dem endlosen Sandmeer flirren ließ und jeden Atemzug zur Qual machte. Die Rub al Khali – die „Leere Viertel" – war einer der unwirtlichsten Orte der Erde. Hunderte Kilometer reiner, tosender Ödnis, wo die Dünen wie gefrorene, goldene Tsunamis in die Unendlichkeit rollten. Und genau hierher hatte die pulsierende Koordinate sie geführt, die ihnen die vereinten Fragmente in Dubai eingebrannt hatten. *Madjis al-Kuhl*. Die Halle des schwarzen Wassers. Ein unterirdischer Ozean.

Ben Adler rieb sich den mit Staub und Schweiß verkrusteten Nacken. Er stand neben ihrem klapprigen, aber gnadenlos modifizierten Toyota Land Cruiser, der unter Tarnnetzen und einer Schicht Sand fast unsichtbar war. Sie hatten ihn in Salala gekauft – ein Monstrum mit überdimensionalen Sandreifen, verstärktem Fahrwerk, zusätzlichen Kühler und Wasserkanistern, und illegalerweise mit einem Satelliten-Tracker und einem passiven Sensor ausgestattet, der auf die spezifische Energie der Fragmente lauschte. Elara Vance kniete daneben im Sand, ihre Schulter noch immer dick verbunden, aber funktionstüchtig. Vor ihr lag die vereinte Kraft der Fragmente: Die Scheibe, das Steinbuch und der Oktaeder, in einem speziell gefederten Tresor eingeschlossen. Sie pulsierte in einem langsamen, tiefen Rhythmus, wie das Herz eines schlafenden Giganten. Ihr Licht war heute ein gedämpftes, erdiges Braun-Gold.

„Signal wird stärker", murmelte Elara, ihre Augen auf einem tragbaren Scanner mit abgeschirmtem Display. „Nord-Nordost. Etwa fünf Kilometer. Aber... diffus. Nicht punktuell. Als würde es aus einer großen Fläche kommen." Sie blickte auf. Die Weite war überwältigend, einschüchternd. „Madjis al-Kuhl. Es muss riesig sein."

Ben folgte ihrem Blick. Die Dünen bildeten eine Art riesiges, natürliches Amphitheater, das zu einer besonders hohen, messerscharfen Dünenkette im Nordosten führte. „Da drüben. Das ist der Punkt. Das Signal kommt von *unter* dieser Kette." Er trank einen Schluck warmes Wasser aus seiner Feldflasche. „Und unsere Freunde?"

Elara tippte auf ein anderes Gerät – ein abhörsicheres Funküberwachungstool. „Störsender aktiv. Aber ich habe vor einer Stunde ein kurzes, verschlüsseltes Burst-Signal aufgefangen. Ordo-Frequenz. Sie sind in der Nähe. Wahrscheinlich halten auch sie Ausschau nach der Energie oder folgen unserer Spur durch die Wüste." Die Erinnerung an den koordinierten Angriff in Dubai, an van der Leyens kalte Berechnung und Thornes tödliche Präzision, lag schwer in der Luft. „Dann sollten wir uns beeilen", sagte Ben trocken. „Schatzsuche mit Bodycount, Runde vier." Er klopfte gegen den Toyota. „Auf geht's, altes Mädchen. Zeig mir, wofür ich dich bezahlt habe."

Die Fahrt durch die Dünen war ein Kampf gegen die Physik und die eigene Angst. Der Toyota grunzte und heulte, die überdimensionierten Reifen gruben sich in den weichen Sand, rutschten, fanden Halt, kämpften sich Zentimeter um Zentimeter voran. Ben steuerte mit der konzentrierten Ruhe eines Kampfpiloten, navigierte durch Passagen zwischen gigantischen Sandwellen, erklomm Steigungen, wo der Abgrund nur Zentimeter neben den Reifen lauerte. Elara klammerte sich fest, ihr Blick huschte zwischen dem Scanner und dem Fenster hin und her. Die Schönheit war atemberaubend – das Spiel von Licht und Schatten auf den perfekt geformten Dünenkämmen, das tiefe Blau des Himmels, die absolute Stille, die nur vom Motorengeräusch und dem Heulen des Windes gebrochen wurde. Aber es war eine tödliche Schönheit. Ein falscher Tritt, eine defekte Wasserpumpe, ein Sandsturm – und sie waren erledigt.

Plötzlich heulte ein Alarm auf Elaras Scanner auf. Gleichzeitig spürten sie es auch ohne Technik, ein dumpfes, vibrierendes Dröhnen in der Luft. Kein Motor. Etwas Natürlicheres. Gefährlicheres.

„Sandsturm!" rief Ben. „Von Nordwest! Schnell!"

Am Horizont türmte sich eine gigantische, braun-graue Mauer auf. Sie wuchs mit erschreckender Geschwindigkeit, fraß den Himmel, verwandelte das Licht in eine gespenstische Dämmerung. Der Wind peitschte plötzlich mit ungeahnter Wucht, wirbelte erste Sandschleier auf.

Ben trat das Gas durch. Der Toyota schoss eine letzte, steile Düne hinauf. Oben angekommen, bot sich ein Anblick, der selbst Ben den Atem raubte. Vor ihnen, am Fuß der hohen Dünenkette, klaffte ein riesiger, schwarzer Schlund im Sand. Kein kleines Loch, sondern ein Eingang von der Größe eines Flugzeughangars. Ein Abgrund. Und aus ihm wehte eine eiskalte, feuchte Luft, die mit dem metallischen, ozonartigen Geruch der Fragmente gesättigt war.

Madjis al-Kuhl. Das Tor.

„Dort!", schrie Elara. „Da ist der Eingang!"

Doch das Dröhnen des Sturms war jetzt ein heulender Orkan. Die erste Welle traf sie wie eine Mauer. Sand peitschte gegen die Scheiben, reduzierte die Sicht auf Zentimeter. Der Toyota schwankte gefährlich. Ben kämpfte um die Kontrolle, steuerte blind auf den schwarzen Schlund zu.

„Wir schaffen es nicht mehr rein!", brüllte Elara gegen den Lärm an. „Er wird uns umwerfen!"

Ben sah etwas. Links vom Eingang, halb vom Sand verweht, ragten Felsformationen aus dem Dünengürtel heraus. Natürliche Windschneisen hatten dort kleine Höhlen und Überhänge gebildet. „Dorthin!" Er riss das Steuer herum, der Toyota rutschte seitlich, krachte mit der Front fast gegen den Fels. Er stellte ihn quer zum Sturm, direkt vor einen überhängenden Felsen, der etwas Schutz bot. „Raus! In die Höhle! Schnell!"

Sie sprangen hinaus, wurden fast umgeweht. Ben riss den Tresor mit den Fragmenten aus dem Fußraum. Sie stolperten, krochen unter dem Felsvorsprung in eine flache, sandige Höhle. Sekunden später schlug die volle Wucht des Sandsturms gegen ihren Unterschlupf. Die Welt draußen verschwand in einem tobenden, braunen Inferno. Sand wirbelte herein, bedeckte alles mit einer feinen, erstickenden Schicht. Das Heulen war ohrenbetäubend.

Sie pressten sich in den hintersten Winkel, bedeckten Mund und Nase mit Tüchern. Ben zog Elara eng an sich, schützend. Der Tresor mit den Fragmenten pulsierte zwischen ihnen, ihr Licht ein tröstlicher, warmer Fleck in der gespenstischen Dämmerung. Minuten vergingen, die sich wie Stunden anfühlten.

Ihre Augen brannten, der Sand knirschte zwischen ihren Zähnen. Elara spürte Bens Herzschlag gegen ihren Rücken, schnell und hart. Es war kein intimer Moment, sondern einer des puren Überlebens, eine primitive Nähe gegen die alles verschlingende Wut der Natur.

„Willkommen in der Wüste", murmelte Ben heiser ins Ohr, sein Atem warm durch das Tuch. „Hoffentlich gefällt's dir besser als Dubai."

Elara musste trotz der Angst und des Unbehagens kurz lachen. „Die Aussicht ist… eindrucksvoll. Aber der Service ist unter aller Sau." Sie spürte, wie die Anspannung in seinen Armen für einen Moment nachließ.

Nach gefühlten Ewigkeiten begann das Heulen nachzulassen. Der Sandregen ließ nach. Vorsichtig wagten sie einen Blick hinaus. Die Welt war verwandelt. Die Dünen hatten ihre Formen verändert, der Eingang zu Madjis al-Kuhl war fast vollständig vom Sand befreit, ein schwarzer, gähnender Mund. Und auf der frisch verwehten Düne vor ihrem Versteck standen sie, vier schwarze, gepanzerte Geländewagen mit abgeflachten Reifen und getönten Scheiben. Ordo Tempestatis. Sie waren durch den Sturm gekommen, angezogen vom Leuchtfeuer der Fragmente oder ihrer eigenen Spur. Männer in sandfarbenen Kampfanzügen und leichten, aber hochtechnologischen Helmen mit integrierten Visieren stiegen aus. Sie trugen keine blauen Energiewaffen hier, sondern schwere Sturmgewehre und Taser-Harpunen. Ihre Bewegungen waren effizient, ihre Aufstellung perfekt. Sie hatten den Toyota entdeckt.

„Scheiße", fluchte Ben leise. „Keine Zeit für Höflichkeiten." Er griff in seinen Rucksack, holte zwei kleine, graue Kugeln hervor – thermische Rauchgranaten. „Auf mein Zeichen rennst du zum Eingang. Ich decke dich."

Elara nickte, ihr Herz hämmerte. Sie griff nach dem schweren Tresor.

Ben zog die Stifte, zählte leise: „Drei… zwei… JETZT!" Er warf die Granaten in hohem Bogen zwischen die Ordo-Fahrzeuge.

Zisch! Dichte, grau-weiße Rauchwolken explodierten, vermischt mit einem grellen Blitz, der die optischen Sensoren der Helme überlasten sollte. Ben sprang hervor, feuerte mit seiner MP7 (in Salala beschafft) eine Salve in die allgemeine Richtung der Verwirrten. Nicht um zu treffen, sondern um Panik zu stiften.

„LOS!",brüllte er.

Elara rannte. Der Sand war weich, tief, jeder Schritt eine Qual. Sie trug den schweren Tresor wie einen Schutzschild vor sich. Schüsse krachten durch den Rauch, pflügten den Sand um sie herum. Ben feuerte kurze, kontrollierte Salven zurück, bewegte sich seitlich, um die Aufmerksamkeit auf sich zu ziehen. Ein Ordo-Soldat taumelte, getroffen in die Schulter. Elara erreichte den Rand des schwarzen Abgrunds. Die kalte Luft strömte ihr entgegen. Sie blickte hinab. Eine steile, natürliche Steintreppe führte in die Dunkelheit. Kein Ende absehbar. Sie stolperte die ersten Stufen hinab. Ben folgte ihr, drehte sich noch einmal um, warf eine letzte Rauchpatrone nach oben. „Weiter! Schnell!" Sie stiegen hinab. Die Treppe war schmal, glatt, in den Fels geschlagen. Das Licht von oben verschwand schnell. Ben zündete eine starke Taschenlampe an. Die Wände waren glatt, schwarz, vulkanisch. Das Dröhnen des Sturms verklang, ersetzt durch ein anderes Geräusch, ein tiefes, konstantes Rauschen. Wie ein ferner Ozean. Und die Kälte nahm zu, eine willkommene Erfrischung nach der Höllenhitze oben. Nach vielleicht hundert Metern öffnete sich der Schacht. Sie standen auf einer Felsplattform. Und vor ihnen lag *Madjis al-Kuhl*.

Es war nicht nur ein See. Es war eine unterirdische Welt. Die Höhle war gigantisch – eine Kathedrale der Dunkelheit, deren Decke in unerreichbarer Höhe im Schatten lag. Vor ihnen erstreckte sich ein Meer aus absolut schwarzem, aber kristallklarem Wasser, das bis zu einem fernen, unsichtbaren Ufer reichte. Doch das Wasser war nicht passiv. Strömungen waren als milde, dunkle Linien in der Klarheit sichtbar. Und die Quelle des Rauschens: Am gegenüberliegenden Ende stürzte ein gewaltiger Wasserfall aus einer hohen Felsspalte in den See, ein schäumendes, donnerndes Monument aus flüssigem Obsidian. Die Luft war kalt, feucht und schwer, mit dem Geruch von Mineralien und etwas uraltem, fremdem gesättigt. Das Pulsieren der Fragmente war hier ein körperlicher Schlag, synchron mit dem Donner des Wasserfalls.

„Mein Gott…", entfuhr es Elara, ihre wissenschaftliche Neugier überwältigte für einen Moment die Angst. „Das ist… präkabrisch. Völlig isoliert. Ein eigenes Ökosystem!" Ihre Lampe huschte über das Wasser. Seltsame, blasse Fische mit großen, lichtlosen Augen glitten durch die Tiefe. An den Ufern wuchsen bizarre, pilzartige Gebilde in schwefeligem Gelb und giftigem Lila. Und dann sah sie es: Mitten im See, auf einer kleinen Insel aus schwarzem Basalt, erhob sich eine Struktur. Nicht natürlichen Ursprungs. Eine Pyramide? Ein Tempel? Erbaut aus dem gleichen schwarzen Stein, mit Stufen und Säulen, die von einer anderen Hand stammten als die der Menschen. Und an ihrer Spitze, in einem Strahl fahlen Mondlichts, der irgendwie durch eine Deckenöffnung fiel, pulsierte ein Lichtpunkt. Das vierte Fragment.

„Da", flüsterte Ben, seine Stimme voller ungläubiger Ehrfurcht. „Die versunkene Stadt." Es war keine Stadt, sondern ein einzelnes, monumentales Bauwerk, halb vom Wasser umspült, als wäre der See erst später eingedrungen. „Und das Ding obendrauf ist unser Ziel."

Doch ihre Ankunft war nicht unbemerkt geblieben. Auf dem Wasser, vom Wasserfall aus gesehen, näherten sich schnelle, schwarze Punkte. Ordo-Schnellboote? Nein. Unterwasser-Scooter. Drei Stück. Getrieben von fast lautlosen Elektromotoren, mit Tauchern in schwarzen, stromlinienförmigen Anzügen und Helmvisieren. Sie waren bereits im Wasser. Und sie kamen schnell.

„Keine Pause für die Guten", knurrte Ben. Er warf seinen Rucksack ab, zog seine schwarze, praktische Kleidung aus, darunter trug er bereits einen schwarzen Neoprenanzug. „Wir benötigen einen Scooter. Und zwar jetzt." Er sah sich um. Am Ufer, versteckt in einer Felsnische, entdeckte er zwei kleine, schlanke Unterwasser-Scooter – offensichtlich von einer früheren, nicht zurückgekehrten Ordo-Patrouille. Sie lagen an Ladekabeln. „Jackpot. Zieh deinen Anzug an!"

Elara zögerte keine Sekunde. Sie zog ihr Kleid aus, darunter trug sie auch einen dünnen Neoprenanzug. Ihre Schulter schmerzte, aber Adrenalin überlagerte es. Ben prüfte die Scooter. Batterien fast voll. Er warf Elara einen Rebreather zu – ein geschlossenes System ohne Blasen. „Keine Blasen. Sie verraten uns nicht so leicht."

Sie schnallten sich die Rebreather um, setzten die Tauchermasken auf. Ben schulterte den Tresor mit den Fragmenten in einer wasserdichten Tasche. „Du nimmst den Scooter, ich nehme den Tresor und decke dich. Ziel ist der Tempel. Schnell und tief."

Sie glitten ins Wasser. Die Kälte war ein Schock, aber erfrischend. Das Wasser war so klar, dass es fast nicht da zu sein schien. Die Sicht war atemberaubend – mindestens fünfzig Meter. Sie saßen auf den Scootern, aktivierten sie. Ein leises Surren. Ben gab Elara ein Zeichen. Sie traten die Scooter an und schossen in die Tiefe, direkt auf den schwarzen Tempel, zu.

Die Verfolger hatten sie sofort gesehen. Drei Scooter drehten scharf ab und kamen auf sie zu. Sie waren schneller, wendiger. Und sie trugen Waffen, kompakte Unterwasser-Harpunen mit elektrischen Ladungen oder Giftspitzen.

Die Jagd unter Wasser begann. Es war ein surrealistisches Ballett aus Geschwindigkeit und tödlicher Präzision. Elara steuerte ihren Scooter mit wilden Zickzackkursen, folgte Ben, der direkt auf den Tempel zusteuerte. Harpunen zischten durch das klare Wasser, verfehlten sie knapp. Ben zog eine kleine, wasserdichte Pistole – eine spezielle Unterwasserversion mit spitzen Projektilen. Er feuerte zurück. Ein Treffer am Scooter eines Verfolgers, der außer Kontrolle geriet und gegen einen Felsen krachte.

Die anderen beiden blieben hartnäckig. Sie kamen näher, nutzten die Scooter, um sie einzukesseln. Eine Harpune streifte Elaras Scooter, Funken sprühten, das Gerät stotterte. Sie verlor an Geschwindigkeit.

„Ben!"

Ben drehte ab, kam direkt auf den nächsten Verfolger zu. Im letzten Moment sprang er vom Scooter, ließ ihn wie ein Geschoss auf den Ordo-Taucher zurasen. Der Taucher wich aus, aber Ben nutzte die Verwirrung. Er schoss durchs Wasser, packte den Taucher, riss ihm die Harpune aus der Hand. Ein kurzer, brutaler Nahkampf unter Wasser. Ben war stärker, erfahrener. Er rammte die Harpune dem Taucher in den Oberschenkel. Ein Stromstoß jagte durch den Körper des Mannes, er verkrampfte sich, sank bewusstlos ab.

Der letzte Taucher zielte auf Ben, der jetzt ohne Scooter, nur mit der Harpune bewaffnet, im Wasser schwebte. Elara sah es. Ihr Scooter war beschädigt, aber nicht tot. Sie gab noch einmal Vollgas, rammte den Ordo-Scooter von der Seite. Die Kollision war heftig. Beide Scooter und Fahrer wurden auseinandergerissen. Der Ordo-Taucher taumelte, verlor seine Harpune.

Ben war sofort da. Ein gezielter Schlag mit dem Harpunenkolben gegen das Helmvisier. Es zersplitterte. Ein letzter, blubbernder Schrei, dann Stille. Der Taucher sank.

Sie waren allein. Für den Moment. Ben schwamm zu Elara, half ihr, ihren beschädigten Scooter zu stabilisieren. Ihre Augen trafen sich durch die Masken. Kein Wort nötig. Sie nickten sich zu. Weiter.

Sie erreichten den schwarzen Tempel. Er ragte wie ein Monument aus einer vergessenen Zeit aus dem Wasser. Stufen führten zu einem erhöhten Altarplateau, das gerade noch über der Wasseroberfläche lag. Sie kletterten aus dem Wasser, rissen die Masken ab. Das Pulsieren der Fragmente war hier ein fast unhörbarer, aber mächtiger Bass, der durch den Stein drang.

Auf dem Altar, in einer Vertiefung aus dem gleichen schwarzen Stein, ruhte das vierte Fragment. Es war ein Stab. Etwa einen Meter lang, aus einem Material, das wie gebündeltes, dunkles Holz aussah, aber mit pulsierenden, goldenen Adern durchzogen war. An seinem oberen Ende war ein kleiner, dreidimensionaler Stern eingelassen, der in allen Farben des Chaos Primus-Spektrums schimmerte – türkis, violett, gold, tiefblau. *Asa al-Nujum*. Der Stab der Sterne.

Elara ging langsam darauf zu, gebannt. „Es ist… vollständig. Die anderen… sie reagieren." Der Tresor auf Bens Rücken pulsierte im gleichen Rhythmus wie der Stab.

Doch als sie den Stab berühren wollte, ertönte ein markerschütternder Knall von oben. Steinsplitter regneten herab. Ben riss Elara zurück. „Scharfschütze!"

Hoch oben, auf dem Rand des Abgrunds, wo sie hinabgestiegen waren, standen Silhouetten gegen den hellen Himmelsstreifen. Ordo-Soldaten. Sie hatten den Eingang besetzt. Ein Schuss krachte und das Geschoss traf den Altar neben dem Stab.

„Sie haben uns im Visier!" Ben zog Elara hinter eine Säule. „Wir müssen den Stab holen und verschwinden. Aber wie?"

Elara sah sich verzweifelt um. Ihr Blick fiel auf das Wasser hinter dem Tempel. Es war tiefer hier, und an der Wand sah sie eine dunkle Öffnung – einen Unterwasser-Tunnel, der vom Tempel wegführte. „Dort! Ein Ausgang! Wir müssen schwimmen!"

Ben folgte ihrem Blick. „Risiko. Aber besser als hier als Zielscheibe zu sitzen." Er zog eine letzte Rauchpatrone, zündete sie und warf sie auf das Altarplateau. Dichter Rauch stieg auf. „JETZT!"

Sie sprangen hervor. Ben griff nach dem Stab, riss ihn aus der Vertiefung. Im selben Moment spürten sie es: Eine gewaltige Energie floss durch ihn. Nicht nur durch den Stab, sondern durch alle Fragmente. Sie pulsierte nicht mehr einzeln, sondern als *Einheit*. Ein Akkord aus Macht. Und mit dieser Macht kam Wissen. Nicht als Vision, sondern als direkter, klarer Impuls:

Fuerteventura. Tindaya. Der Nabel. Das Ende. Der Anfang.

Dann zischte etwas durch die Luft. Nicht eine Kugel. Eine Harpune mit dünnem Draht. Sie traf Ben am Oberschenkel. Ein scharfer Schmerz, dann ein schockierender Stromstoß, der seinen ganzen Körper durchfuhr. Er schrie auf, sackte zu Boden, der Stab fiel ihm aus der Hand. Die Harpune war mit einem Seil verbunden, das hoch zum Abgrundrand führte. Sie zerrten daran.

„BEN!" Elara stürzte zu ihm. Sie riss die Harpune aus seinem Bein, ein weiterer Schmerzensschrei. Das Stromkabel riss. Aber die Ordo-Soldaten kletterten bereits die Treppe hinab, schnell und entschlossen.

„Nimm den Stab!", keuchte Ben, sein Gesicht aschfahl vor Schmerz. „Geh! Zum Tunnel!"

Elara zögerte. Sie konnte ihn nicht zurücklassen. Nicht hier. Sie griff nach dem Stab und dem Tresor. Die vereinte Energie durchflutete sie. Ein Impuls. Nicht ein Gedanke. Ein *Befehl*. Sie richtete den Stab instinktiv auf die heraneilenden Soldaten. Sie dachte nicht, sie *fühlte*. Sie fühlte die Wut über Hassan, über Marin, über Leo. Sie fühlte die Angst, die Entschlossenheit. Und der Stab reagierte. Der Stern an seiner Spitze erwachte in blendendem, weiß goldenem Licht. Ein Strahl schoss heraus – kein zerstörerischer Energiestrahl, sondern eine konzentrierte Schockwelle aus reiner Kraft. Er traf die Felswand neben der Treppe.

Ein ohrenbetäubender Knall. Die Wand barst. Tonnen von Fels lösten sich, stürzten herab und begruben die Treppe und die ersten drei Ordo-Soldaten unter sich. Der Rest wurde zurückgeschleudert.

Stille. Staub wirbelte. Elara starrte auf den Stab in ihrer Hand, dann auf Ben. Er starrte zurück, Augen weit aufgerissen vor Schmerz und Erstaunen. „Was…, was zum Teufel war das?"

„Ich…, ich weiß es nicht", flüsterte Elara, zitternd. Der Stab pulsierte warm in ihrer Hand, das Licht des Sterns erlosch langsam. „Er… , er hat gehorcht."

Ben rappelte sich mühsam auf, humpelte schwer. „Dann sag ihm, er soll uns jetzt hinausbringen! Der Tunnel! Bevor die anderen kommen!"

Sie stolperten zum Wasser, zum Eingang des Unterwasser-Tunnels. Ben stützte sich auf Elara, sein Bein blutete stark. Sie setzten ihre Masken auf, aktivierten die beschädigten Scooter noch einmal. Mit letzter Kraft glitten sie in den dunklen Tunnel. Die Fragmente, jetzt alle vereint, leuchteten wie ein Leuchtfeuer in der Schwärze, zeigten ihnen den Weg durch das Labyrinth unterirdischer Flüsse. Der Impuls brannte in ihren Köpfen, unauslöschlich: *Fuerteventura. Tindaya. Der Nabel des Chaos.*

Sie hatten das vierte Fragment. Aber der Preis war hoch. Ben war schwer verletzt, sie waren gehetzt, und ihre Jäger würden nicht aufgeben. Die letzte Etappe führte sie nicht nur an einen anderen Ort, sondern zum Kern des Geheimnisses. Die Reise in die Tiefe der Erde hatte sie an den Rand ihrer Kraft gebracht. Die Reise zum Nabel des Chaos würde sie an den Rand von allem bringen, was sie kannten.

Oben am Rand des Abgrunds:

Silas Thorne trat an die zerstörte Treppe, blickte in die Dunkelheit, aus der das letzte schwache Pulsieren der vereinten Fragmente gerade verklang. Sein Gesicht war eine Maske aus kaltem Zorn. Neben ihm funkte van der Leyen mit einem Satellitentelefon. Seine Stimme war scharf, kontrolliert, aber die Angst darunter war deutlich.

„… sie haben es. Alle vier Fragmente. Und sie sind entkommen. Durch ein unterirdisches Flusssystem." Er lauschte, nickte. „Ja. Der Impuls war eindeutig. Fuerteventura. Tindaya. Sie gehen zum Kern." Er blickte Thorne an. „Sie ordnen volle Konzentration der Kräfte an. Alles, was wir haben. Luft, Land, Wasser. Keine Kosten. Kein Risiko. Sie müssen am Tindaya gestoppt werden. Bevor sie das Tor öffnen."

Thorne knirschte mit den Zähnen. Seine Narbe zuckte. „Sie haben einen der *Stäbe* benutzt. Gegen meine Männer."

Van der Leyen erbleichte leicht. „Das…, das ist nicht möglich. Nur die Auserwählten…"

„Tun Sie nicht so naiv, van der Leyen!" Thorne schnauzte ihn an. „Das Mädchen ist auserwählt. Vom Wirbel selbst. Und jetzt hat sie alle Schlüssel." Er richtete sich auf, sein Blick war eisig. „Fuerteventura. Kein Entkommen. Dieses Mal jagen wir nicht nur. Wir *vernichten*. Rufen Sie Ihre besten Leute. Ich rufe die *Schwarze Garde*. Das Chaos endet am Tindaya." Er drehte sich abrupt um und ging zu seinem Fahrzeug, sein Schatten fiel lang und dunkel über den Rand des Abgrunds, der zu Madjis al-Kuhl führte. Die Jagd hatte ihr endgültiges Ziel, den Nabel der Welt. Und die Schlacht, die dort geschlagen würde, würde mehr entscheiden als nur ihr Schicksal.

DER BERG UND DAS ECHO

Fuerteventura, Kanarische Inseln – eine Woche später

Die Sonne brannte gnadenlos auf den rostroten, verwitterten Kegel des Tindaya. Kein üppiger Vulkan, sondern ein einsamer, heiliger Berg, der sich wie ein abgebrochener Dolch aus der flachen, kargen Ebene der Insel erhob. Um ihn herum: endlose Weiten aus goldbraunem Sand, schwarzen Lavafeldern und dem ständigen, heulenden Heulen des Passatwindes – des *Alisio*. Fuerteventura. „Starke Fortune". Ein ironischer Name für einen Ort, der nun das Schicksal der Welt beherbergen sollte.

Ben Adler lehnte sich gegen den kühlen Metallrahmen ihres gemieteten, unauffälligen weißen Transporters, der vor einer windschiefen *guarida* (Bar) in Lajares geparkt war. Sein Oberschenkel, dick bandagiert unter der lockeren Bermudashorts, schmerzte bei jeder Bewegung. Die Wunde aus dem Oman war tief, die Infektionsgefahr hoch. Sein Gesicht war gezeichnet von Schmerz, Schlafmangel und der Last der vier Artefakte, die jetzt, in einem speziell abgeschirmten Koffer im Fahrzeug, wie ein eigenes Herz schlugen. Ein synchrones, tiefes Pulsieren, das manchmal die Luft um sie herum vibrieren ließ.

Elara Vance kam aus der Bar zurück, zwei Plastik-becher mit starkem, schwarzem Kaffee in der Hand. Ihr Blick war wachsam, hinter einer großen Sonnen-brille verborgen. „Keine Fremden in letzter Zeit", berichtete sie leise und reichte Ben einen Becher. „Aber der alte Mann hinter der Theke… er hat von *Los Hijos del Alisio* geflüstert. Den ‚Söhnen des Passats'. Sie sollen den Berg hüten. Seit immer. Er sagte, sie würden die ‚Steine sprechen hören' und die ‚Fußabdrücke der Götter' bewachen."

Ben nippte an dem bitteren Kaffee. „Fußabdrücke der Götter? Das klingt nach Touristenkitsch." Aber sein Ton war nicht abfällig. Zu viel hatte er gesehen. Die prähistorischen Fußabdrücke, die in den Fels des Tin-daya gemeißelt waren, waren weltberühmt – und wis-senschaftlich unerklärt. Hunderte von ihnen, in alle Richtungen weisend, von unbekannten Händen vor Jahrtausenden hinterlassen. Ein Labyrinth aus Stein.

„Er sagte auch", fuhr Elara fort, ihre Stimme gesenkt, „dass der Berg in letzter Zeit… unruhig sei. Ein tiefes Summen. Wie ein schlafender Drache, der träumt. Und dass Fremde, dunkel gekleidete Fremde, nachts um den Berg streifen. Sie fragten nach Höhlen. Nach dem ‚Herz'."

„Ordo und Loge", stellte Ben fest. Es war keine Frage. Die Koordinate im Oman hatte sie direkt hierherge-führt – zum *Nabel des Chaos*. Und ihre Feinde waren ihnen dicht auf den Fersen, vereint in ihrem Ziel, sie zu stoppen. Van der Leyens intellektuelle Kälte und Thornes brutale Effizienz bildeten eine tödliche Allianz. „Wir müssen den Eingang finden. Bevor sie ihn versiegeln. Oder uns darin begraben." Er sah zum Tindaya auf. Der Berg wirkte in der Mittagshitze reglos, fast friedlich. Aber das Pulsieren der Artefakte in seinem Rücken sagte etwas anderes. Es war ein Echo. Ein Ruf.

„Die Fragmente sind der Schlüssel", sagte Elara entschlossen. „In Marrakesch führten sie uns zur Bibliothek. In Oman zum See. Hier…, sie werden uns zum Eingang führen." Sie öffnete die Hecktür des Transporters. Der abgeschirmte Koffer stand da, ein unscheinbarer schwarzer Kubus. Als sie ihn öffnete, schlug ihnen eine Welle konzentrierter, uralter Energie entgegen. Die vier Fragmente – die Scheibe, das Steinbuch, der Oktaeder und der Stab – ruhten ineinander verschlungen, nicht physisch, sondern energetisch. Ihre Lichter hatten sich zu einem einzigen, ruhigen, tiefen Goldton vereint, der in sanften Wellen pulsierte. Der Stab lag zentral, sein Stern sanft leuchtend.

Elara hob vorsichtig den Stab heraus. Er fühlte sich warm und lebendig an, fast wie schlafendes Holz. Sie schloss die Augen, konzentrierte sich, ließ ihre Hand über den Stern gleiten. Nicht mit Gewalt. Mit Absicht.

Mit derFrage, *Zeig uns den Weg. Zum Herzen des Berges.*

Der Stern erwachte. Nicht mit einem blendenden Strahl wie in Oman, sondern mit einem sanften, goldenen Leuchten. Ein dünner Lichtfaden schoss aus seiner Spitze, nicht in die Ferne, sondern *nach unten*. Er durchdrang den Metallboden des Transporters, den Asphalt, den trockenen Boden und zeigte unerschütterlich in Richtung Nordwestküste. Nicht direkt auf den Berggipfel, sondern auf das Meer zu seinen Füßen.

„Unterwasser", flüsterte Elara, ihre Augen weit aufgerissen. „Der Eingang ist unter Wasser. Am Fuße des Berges, wo er ins Meer stürzt."

Ben nickte grimmig. „Ergibt Sinn. Wasser verbindet alles. Und versteckt die tiefsten Geheimnisse." Er blickte auf seine verletzte Hüfte. „Tauchen wird..., spaßig."

***

Die Vorbereitungen waren hektisch, getrieben von der Gewissheit, dass die Zeit knapp war. Sie fuhren nach Corralejo im Norden, einem Touristenort mit endlosen Sanddünen und einem Hafen voller Ausflugsboote. Perfekt, um unterzutauchen – und Ausrüstung zu beschaffen. Mit einem Großteil ihrer restlichen Barschaft (und einigen überzeugenden Lügen über

„extreme Unterwasser-Archäologie") mieteten sie ein kleines, schnelles Schlauchboot mit leistungsstarkem Außenborder und kauften zwei Top-of-the-Line-Rebreather-Tauchausrüstungen, Unterwasserscooter, starke Lampen und einen Satz Unterwasser-Handfeuerwaffen. Ben ließ sich von einem zwielichtigen, aber diskreten Arzt am Hafen die Wunde neu verbinden und mit starken Antibiotika und Schmerzmitteln versorgen. „Nicht tauglich für Olympia, aber ich kann schwimmen", knurrte er, als er humpelnd aus der Praxis kam.

Sie versteckten das Schlauchboot und die Ausrüstung in einer verlassenen Fischerhütte an einem abgelegenen Strandabschnitt nördlich von Corralejo, in Sichtweite des majestätisch ins Meer ragenden Tindaya. Die Felswände des Berges fielen hier steil ab, von der Brandung in Jahrtausenden zu schroffen Klippen und versteckten Grotten geformt.

Während Elara die Tauchausrüstung überprüfte und die Scooter lud, hielt Ben mit einem hochleistungsfähigen Fernglas Ausschau. Seine Sinne waren geschärft. Und er fand schnell, was er suchte.

„Da", murmelte er und reichte Elara das Glas. „Hügelkuppe hinter den Dünen von El Jable. Siehst du das Blinken? Sonnenreflex auf einem Objektiv. Langwellen-Funksender. Und Bewegung hinter den Dünenkämmen. Zu geordnet für Touristen."

Elara richtete das Glas ein. „Ordo-Späher. Sie beobachten die Küste. Den ganzen Bergfuß." Sie schwenkte das Glas weiter. „Und dort… am Rand der Lavafelder von Cotillo. Zwei Männer in Touristen-klamotten, aber mit den falschen Schuhen. Und der Art, wie sie stehen… Geheimdienst. CIA oder SVR. Sie wittern Beute." Die Nachricht von ihrer Jagd und den Artefakten hatte sich offensichtlich in den dunklen Kanälen der Geheimdienste verbreitet. Jeder wollte ein Stück vom Kuchen – oder verhindern, dass der andere ihn bekam.

„Wir sind die Hauptattraktion im Freakshow-Zirkus", stellte Ben sarkastisch fest. „Und der Eintritt wird teuer." Er senkte das Glas. „Wir müssen wissen, was sie wissen. Und ihre Pläne durchkreuzen. Besonders die von Ordo. Die haben die Ressourcen, den Eingang zu blockieren oder zu sprengen."

Der Plan war riskant, aber notwendig. Ben würde die Aufmerksamkeit auf sich ziehen – eine Verfolgungs-jagd durch die spektakulären Lavafelder von Corralejo und die Dünen von El Jable. Währenddessen würde Elara, getarnt und mit ihren technischen Fähigkeiten, versuchen, in die vermutete Ordo-Basis einzudringen und Daten abzugreifen.

***

Die Dünen von El Jable waren eine surreale Landschaft – riesige, wandernde Sandberge, die vom Wind
geformt wurden, golden unter der Nachmittagssonne.
Ben ritt eine gemietete, knatternde Yamaha 450 Quad
durch dieses Labyrinth, kein Ziel verfolgend, außer so
viel Staub und Aufmerksamkeit wie möglich zu erzeugen. Er trug ein grelles Touristen-Hawaii-Hemd, eine
Sonnenbrille und einen lächerlichen Strohhut. Das perfekte Lockvogel-Outfit.

Es dauerte nicht lange. Ein schwarzer, gepanzerter
Geländewagen, getarnt mit Sandnetzen, tauchte hinter
einer Düne auf und setzte ihm nach. Ordo. Ben grinste
grimmig unter seinem Hut. Das Spiel begann. Er trat
das Gas durch, das Quad heulte auf und schoss die
nächste steile Düne hinauf, Sandfontänen hinter sich
herziehend. Der Geländewagen folgte, schwerfälliger,
aber gnadenlos. Kugeln piffen durch die Luft, pflügten
den Sand um Ben herum. Er fuhr zickzack, nutzte die
Unberechenbarkeit des Geländes. Einmal ließ er sich
fast absichtlich von dem Quad werfen, rollte den Hang
hinunter, sprang wieder auf, während der Geländewagen oben mühsam wenden musste.

Er führte sie tiefer in die Dünen, weg von der Küste,
Richtung der schwarzen, zerklüfteten Lavafelder von
Corralejo. Der Übergang war abrupt – von weichem
Gold zu hartem, scharfkantigem Schwarz. Ben schoss
durch enge Canyons aus erstarrter Lava, über holprige,

von vulkanischen Bomben übersäte Ebenen. Der Geländewagen folgte, krachte über Hindernisse, seine Stoßstange aus Stahl verbog sich. Ben nutzte seine Wendigkeit, führte sie in Sackgassen, nur um im letzten Moment durch schmale Spalten zu entkommen, die für das große Fahrzeug unpassierbar waren.

Hinter einem hohen Lavazapfen hielt er kurz an, zog eine kleine, klebrige Ladung aus seiner Hosentasche und klebte sie an den Felsen. Dann raste er weiter. Der Geländewagen kam um die Ecke gebrettert. *Boom! *, die Ladung detonierte, löste einen kleinen Felssturz aus, der den Weg blockierte. Ben hörte wütendes Hupen und Fluchen. Ein kleines Hindernis, aber es kostete sie Zeit.

Er wusste, er hatte nicht viel davon. Er brach aus den Lavafeldern heraus, zurück in Richtung Küstenstraße. Irgendwo musste Elara jetzt ihr Werk tun.

***

Während Ben die Ordo-Schergen beschäftigte, war Elara zur Arbeit geschritten. Mit dunkler Kleidung, Gesichtsschminke und einem passiven Tarncape, das ihre Wärmesignatur reduzierte, war sie ein Schatten, der sich durch das Dünengelände hinter der Ordo-Position bewegte. Sie hatte ihren Scanner auf maximale

Empfindlichkeit eingestellt, um die Funkquellen und Energieemissionen der Basis zu orten.

Sie fand sie schneller als erwartet. Eingegraben unter einer großen, stabilen Düne, getarnt durch ein Netz, das mit echtem Sand bedeckt war. Ein Eingang führte hinab – eine verstärkte Stahltür, fast unsichtbar. Zwei Wachen patrouillierten oben, mit Nachtsichtgeräten und Sturmgewehren. Hochmoderne Überwachungskameras scannten den Zugang.

Elara lächelte dünn. Ihr Tablet war bereits mit dem lokalen Überwachungsnetz verbunden (ein Geschenk ihres alten Professors für „Feldarbeit"). Mit ein paar gezielten Eingaben überlud sie die Kameraschleife für 90 Sekunden – ein Standbild eines leeren Dünenkamms. Dann, während die Wachen eine Runde drehten, schlich sie sich an die Tür. Kein Keypad. Biometrisch. Sie zog ein kleines Gerät aus ihrem Gurt – einen batteriebetriebenen EMP-Pulsgeber, kurzreichweitig. Sie hielt ihn gegen das Schloss, aktivierte ihn. Ein leises *Zap*. Die Elektronik frittiert. Mit einem leisen Zischen gab die hydraulische Verriegelung nach. Sie schlüpfte hinein, die Tür schloss sich fast lautlos hinter ihr.

Drinnen war es kühl und beleuchtet. Ein kleiner Bunker, vollgestopft mit Kommunikationstechnik, Überwachungsbildschirmen (die jetzt alle ein Standbild zeigten), Waffenständern und einem großen Kartentisch. Auf dem Tisch lag eine detaillierte topografische Karte des Tindaya und der umliegenden Küste. Rote Markierungen zeigten Beobachtungsposten. Blaue zeigten seismische Sensoren, die um den Berg herum verteilt waren. Gelbe Kreise markierten mögliche „Eingangszonen" – darunter auch die Küste direkt vor ihrer Hütte. Sie hatten den Bereich eingegrenzt.

Das Beunruhigendste war ein großes Hologramm, das über dem Tisch schwebte:, ein Modell des Tindaya-Berges, durchsichtig, mit einem komplexen Netzwerk von Höhlen und Tunneln tief im Inneren, die zu einer großen zentralen Kammer führten. Am Fuß des Berges, unter Wasser, pulsierte ein roter Punkt. *Der Eingang.* Ordo hatte ihn gefunden. Oder zumindest lokalisiert.

Elara handelte schnell. Sie steckte einen winzigen, hochkapazitiven Datenwurm in einen der Computerterminals. Er würde alles kopieren – Karten, Kommunikationsprotokolle, Einsatzpläne. Während er arbeitete, fotografierte sie die Karte und das Hologramm mit ihrer Mini-Kamera. Dann entdeckte sie etwas auf einem Nebentisch, kleine, kugelförmige Unterwasser-Drohnen mit Bohrerarmen und Sprengstofffächern. Bergungssprengsätze. Um den Eingang zu versiegeln oder sie darin zu begraben.

Alarm! Ein leises Piepen an der Tür. Jemand versuchte, von außen einzutreten. Der EMP hatte die Tür entriegelt, aber nicht zerstört. Die Wachen hatten den Ausfall bemerkt.

Keine Zeit mehr. Elara riss den Datenwurm heraus, schlüpfte zur Tür. Sie hörte Stimmen, Schlüssel im Schloss. Sie drückte sich in eine Nische neben der Tür, zog ein kleines Blendgranätchen. Die Tür öffnete sich. Zwei Ordo-Soldaten stürmten herein, ihre Waffen im Anschlag. Im selben Moment warf Elara das Granätchen in den Raum und schlüpfte nach draußen.

BZZZT! ein greller Blitz und ein ohrenbetäubender Knall erfüllten den Bunker. Schmerzensschreie. Elara rannte, so schnell sie konnte, zurück durch die Dünen, das Tarncape eng um sich gezogen. Hinter ihr hörte sie Alarmgeschrei und wütende Befehle.

Sie erreichte die verabredete Stelle an der Küsten-straße, außer Sicht der Ordo-Basis. Ben wartete bere-its, keuchend, verschwitzt, aber mit einem grimmigen Grinsen. Sein Quad stand rauchend neben ihm, das Hinterrad durch eine Kugel beschädigt. „Hab sie schön im Kreis geführt", japste er. „Bis die Munition ausging. Haben dann aufgegeben. Du?"

Elara zeigte ihm die Fotos auf ihrem Tablet, die Karte, das Höhlensystem, den roten Punkt am Fuß des Berges unter Wasser. Und die Sprengdrohnen. „Sie wissen es. Sie haben den Eingang lokalisiert. Und sie planen, ihn zu sprengen, sobald wir drin sind. Oder uns damit." Sie reichte ihm den Datenwurm. „Alles hier drauf. Van der

Leyen und Thorne koordinieren von einem Komman-doschiff vor der Küste aus. Alle Kräfte werden hier konzentriert."

Ben betrachtete das Bild des Höhlensystems, dann den massiven Berg, der in der Abendsonne blutrot leuchtete. „Dann müssen wir schneller sein. Und leiser." Sein Blick fiel auf seine Hüfte. „Und ich muss schwimmen können wie ein Delfin auf Schmerzmit-teln."

***

Die Nacht brach herein, sternenklar und vom Heulen des Alisio erfüllt. Sie lagen auf dem Bauch auf einer Klippe oberhalb ihres versteckten Strandabschnitts. Vor ihnen lag das Meer, schwarz und silbrig im Mondlicht, das an den schroffen Felsen des Tindaya-Fußes brandete. Elara hatte den Stab in der Hand. Er pulsierte warm, sein Stern leuchtete mit einem sanften, aber deutlichen Goldlicht. Sie richtete ihn auf das Meer, auf die Stelle, die der Lichtfaden tagsüber angezeigt hatte und die mit dem roten Punkt auf der Ordo-Karte übereinstimmte.

„Jetzt", flüsterte sie. „Führe uns."

Sie konzentrierte sich, bat nicht, sondern öffnete sich. Der Stab reagierte. Der Lichtstrahl schoss wieder aus, dieses Mal stärker, sichtbarer. Er traf das Wasser etwa fünfzig Meter vor der Klippe, etwa zehn Meter tief. Und dort, wo er die Oberfläche durchdrang, geschah etwas. Das Wasser begann zu *leuchten*. Nicht der Strahl selbst, sondern der Bereich darunter. Ein großes, komplexes Symbol aus Licht – das Chaos-Primus-Zeichen – erschien auf dem Meeresboden und schimmerte durch die Wasserschichten. Es markierte den Eingang. Ein Portal, das nur für diejenigen sichtbar war, die den Schlüssel besaßen.

„Da", sagte Ben atemlos. „Der Weg ist offen."

Doch im selben Moment heulten Sirenen auf. Blaue und rote Lichter blitzten am Horizont. Schnellboote – Ordo und wahrscheinlich auch Küstenwache, von der Loge alarmiert – rasten aus der Dunkelheit auf ihre Position zu. Am Strand unten sahen sie Scheinwerfer aufflammen – Ordo-Landetrupps, die aus den Dünen strömten, um den Zugang zum Wasser zu blockieren. Aus der Luft näherte sich das tiefe Dröhnen schwerer Transporthubschrauber.

Und hoch oben auf der Klippe gegenüber, im Mondlicht klar sichtbar, standen zwei Männer am Rand. Einer groß, breit, mit einer Narbe über dem Auge – Silas Thorne. Er hatte ein großes Gewehr geschultert und beobachtete sie durch ein Nachtsichtgerät. Neben ihm, schlanker, in einem tadellosen Trenchcoat trotz der salzigen Gischt, Aris van der Leyen. Er sprach in ein Funkgerät, sein Blick war auf

Elara und Ben gerichtet, kalt und berechnend wie ein Schachspieler, der den entscheidenden Zug plant.

Thorne senkte sein Nachtsichtgerät. Selbst über die Distanz und das Heulen des Windes war sein Ruf klar: „ADLER! DAS SPIEL IST AUS!"

Ben packte Elaras Arm, sein Gesicht war eine Maske aus Schmerz und Entschlossenheit. „Nein, Thorne", murmelte er. „Es fängt gerade erst an." Er sah Elara an. In ihren Augen spiegelte sich das Leuchten des Symbols unter dem Wasser, gemischt mit Angst, aber auch mit unerschütterlichem Willen. Die Fragmente pulsieren in dem Koffer neben ihnen, als würde das Herz des Berges selbst mit ihnen schlagen.

„Bereit?" Seine Stimme war rau.

Elara nahm den Stab fester. Ihr Blick ging vom Symbol im Wasser zu den Lichtern der herannahenden Boote, zu den Scheinwerfern am Strand, zu den drohenden Silhouetten von Thorne und van der Leyen. Sie nickte. Kein Zögern. Nur die klare Erkenntnis, dass der Weg vor ihnen lag, durch Feuer und Wasser, in die tiefste Dunkelheit des Berges. Zum Herzen des Chaos. „Immer", sagte sie.

Der letzte Akt hatte begonnen. Über ihnen thronte der Tindaya, schweigend und mächtig, als wartete er darauf, sein ältestes Geheimnis endlich preiszugeben – oder für immer zu bewahren.

BLUTROTE DÄMMERUNG (TEIL 1)

Fuerteventura, Tindaya-Küste – Nacht

Thornes Ruf verhallte im Heulen des *Alisio*, aber seine Wirkung war ein Zündfunke im Pulverfass. Die Nacht explodierte.

Scheinwerfer flammten entlang des Strandabschnitts auf, blendend hell, gefolgt vom harten *Knattern* von Sturmgewehren. Ordo-Kommandos in sandfarbenen Kampfanzügen stürmten aus den Dünen, ihre Silhouetten gespenstisch in den Lichtkegeln. Kugeln schlugen um Ben und Elara ein, spritzten rostroten Sand und zersplitterten Fels. Gleichzeitig rasten die ersten schwarzen Schnellboote der Ordo auf die Küste zu, Maschinengewehre auf dem Deck drehten sich bedrohlich in ihre Richtung.

Das Dröhnen der Transporthubschrauber wurde zum ohrenbetäubenden Kreischen. Zwei schwere Mi-8-Hubschrauber mit abgeblendeten Lichtern schwebten wie riesige Raubvögel über der Klippe, Seile wurden ausgeworfen. Schwarze Gestalten – Thornes *Schwarze Garde*, erkennbar an den dämonischen Masken auf ihren Helmen – begannen abzuseilen.

Die Loge-Sicherheitsboote, schlanker und schneller als die Ordo-Kähne, positionierten sich weiter draußen, blockierten die Fluchtwege. Scheinwerfer durchkämmten das Wasser, suchten nach dem leuchtenden Symbol, das Elaras Stab offenbart hatte.

„RUNTER VON DER KLIPPE!", brüllte Ben, riss Elara mit sich in eine flache Mulde, als ein Maschinengewehrhagel die Stelle traf, wo sie gerade noch gestanden hatten. Sand und Steine regneten auf sie herab. Der Koffer mit den Fragmenten lag zwischen ihnen, pulsierend wie ein Herz in Todesangst. Ben zog seine MP7, feuerte eine kurze, gezielte Salve auf die Scheinwerfer eines herannahenden Schnellbootes. Einer erlosch mit einem Krachen.

Elara griff zum Stab. Instinktiv. Nicht zum Schießen. Zum *Schutz*. Sie konzentrierte sich, fühlte die Energie der Fragmente fließen. Der Stern an der Spitze des Stabes leuchtete auf, nicht aggressiv, sondern wie ein Schild. Eine unsichtbare, kuppelförmige Barriere schien sich, um sie auszubreiten. Kugeln, die sie treffen sollten, prallten plötzlich ab, als hätten sie eine unsichtbare Wand getroffen, zischten harmlos in den Sand.

„Was…?", Ben starrte sie an.

„Ich weiß nicht!", keuchte Elara, Schweiß perlt auf ihrer Stirn unter der Anstrengung. „Ich wollte nur…

nicht sterben!" Das „Schild" flackerte, instabil. Es hielt nicht lange.

Ein neues Geräusch übertönte das Waffengeknatter, ein wütendes Motorengrollen. Von der Küstenstraße her raste ein vertrauter, bulliger schwarzer Mercedes G63 AMG wie ein Berserker über die Dünenkämme, direkt auf die Ordo-Landetruppen am Strand zu. *Khalid*, ihr mysteriöser Verbündeter aus Dubai. Er fuhr ohne Scheinwerfer, nur das Mondlicht glitzerte auf der verbeulten, geschmolzenen Panzerung.

Das Fahrzeug raste mitten in die Ordo-Truppen. Männer sprangen zur Seite, einer wurde erfasst, ein schrecklicher Aufprall. Khalid bremste hart, das Fahrzeug drehte sich seitlich, die Beifahrertür flog auf. „EINSTEIGEN! JETZT!" brüllte eine raue Stimme auf Englisch mit arabischem Akzent.

Ben zögerte keine Sekunde. „ZUM WAGEN!" Er schubste Elara vor sich her, feuerte rückwärts gehend Deckung, während sie zur offenen Tür rannten. Kugeln schlugen gegen die gepanzerte Karosserie. Elara warf den Koffer mit den Fragmenten auf den Rücksitz, sprang hinterher. Ben folgte, zog die Tür zu, während Khalid schon wieder Vollgas gab. Der G-Wagen raste den Strand entlang, Richtung ihres versteckten Schlauchbootes.

„Danke, Mann!" keuchte Ben, während er sein Magazin wechselte. Khalid, ein drahtiger Mann mit wettergegerbtem Gesicht und klaren, entschlossenen Augen unter einer *Shemagh*-Kopfbedeckung, nickte knapp. „Keine Zeit für Danksagungen. Die Hölle ist los!" Er wich einem Raketenwerfer-Geschoss aus, das knapp vor ihnen einschlug und eine Fontäne aus Sand und Feuer hochriss. Der Wagen schwankte gefährlich. Plötzlich tauchte eine neue Gefahr auf: Aus den Ruinen eines verfallenen Hotelkomplexes am Strand stürmte eine Gruppe Männer in ziviler Kleidung, aber mit professioneller Haltung. CIA? SVR? Einer von ihnen, ein bulliger Mann mit kahl rasiertem Schädel und Tätowierungen am Hals (Miller, wie Ben ihn aus alten BND-Dossiers erinnerte), zielte direkt auf Elara. „Das Artefakt! Her damit, Vance! Es gehört nicht euch!"

Miller feuerte. Khalid riss das Steuer herum. Die Kugel verfehlte Elara, durchschlug aber die Seitenscheibe. Ben erwiderte das Feuer aus dem Fenster, zwang Miller und seine Männer in Deckung. Doch im Chaos des Gefechts kreuzten sich die Feuerlinien. Ein Ordo-Maschinengewehr, das auf den G-Wagen zielte, erwischte Miller im Rücken. Der CIA-Mann stürzte mit einem erstickten Schrei zu Boden, sein Blick voller Ungläubigkeit. *Friendly Fire.* Ein sinnloser Tod im globalen Wettrennen um die Macht.

Sie erreichten die versteckte Bucht mit dem Schlauchboot. Khalid bremste so abrupt, dass der Wagen fast
auf der Nase landete. „RAUS! INS BOOT!"

Sie sprangen hinaus. Ben humpelte schwer, sein Oberschenkel schrie unter der Belastung. Elara rannte zum
Boot, zerrte am Anker. Khalid blieb am Wagen, zog ein
schweres Maschinengewehr aus dem Fußraum und
richtete es auf die Verfolger, die aus allen Richtungen
auf sie zustürmten. Ordo-Soldaten, Loge-Sicherheit,
verbliebene Geheimdienstler. Ein Hagel von Kugeln
prasselte auf den G-Wagen.

„Komm mit!", schrie Elara Khalid zu.

Er schüttelte den Kopf, ein entschlossenes, fast
friedliches Lächeln auf den Lippen. „Mein Weg endet
hier. Euer führt ins Dunkel. Macht es bedeutend." Er
drückte ab. Das Maschinengewehr heulte auf, hielt die
erste Welle der Angreifer in Schach.

Ben zögerte, Respekt und Wut im Blick. Dann nickte
er knapp. „*Shukran*, Bruder."

In diesem Moment hob ein Ordo-Soldat einen
Raketenwerfer an. Khalid sah es. Statt in Deckung zu
gehen, stürmte er *vor* den G-Wagen, schrie etwas
Unverständliches, und feuerte weiter – direkt auf den
Raketenwerfer-Träger. Die Rakete zischte ab. Khalid
stand genau im Weg. Die Explosion war grell und ver-
nichtend. Der G-Wagen wurde zur Seite geschleudert,

Khalid verschwand in einer Feuerwolke. Sein Opfer gab Ben und Elara die entscheidenden Sekunden.

Sie stießen das Schlauchboot ins Wasser, sprangen hinein. Ben riss am Starter des Außenborders. Nichts. Wieder. Wieder. „SCHEISSE!" Eine Kugel durchschlug die Gummiseite, Luft zischte heraus.

Elara griff zum Stab. Kein Schild dieses Mal. *Kraft.* Sie richtete ihn auf den Motor, konzentrierte sich auf den Funken, auf die Zündung. Der Stern pulsierte grün-gold. Ein Funken sprühte. Der Motor heulte auf.

Ben gab Vollgas. Das halb leere Schlauchboot schoss mit schlingernder Fahrt aufs offene Wasser hinaus.

Kugeln peitschten das Wasser um sie herum. Ein Schnellboot der Loge setzte ihnen nach. Ben steuerte einen Zickzackkurs, nutzte kleine Wellen als Deckung. Elara kniete, den Stab wie eine Waffe in der Hand, bereit, aber unsicher, was er tun würde. Plötzlich tauchte vor ihnen, aus der Dunkelheit, das leuchtende Chaos-Primus-Symbol auf dem Meeresgrund auf – ihr Ziel. Aber zwischen ihnen und dem Symbol kamen dunkle Silhouetten aus dem Wasser: Ordo-Taucher, aufgetaucht, Harpunen und Unterwasserpistolen im Anschlag.

„TAUCHEN!" brüllte Ben. „JETZT!"

Sie schnappten sich ihre Rebreather, setzten die Masken auf. Ben riss den Koffer mit den Fragmenten an sich. Sie rollten sich über Bord, während das

Schlauchboot unter dem konzentrierten Feuer der Loge-Schnellboote und der auftauchenden Taucher in Stücke gerissen wurde. Das Letzte, was sie von der Oberfläche sahen, waren die Scheinwerfer der Boote und die drohenden Schatten von Thornes *Schwarzer Garde*, die jetzt auch ins Wasser sprangen.

***

Die Stille unter Wasser war eine schockierende, beklemmende Wand nach dem infernalischen Lärm an Land. Nur das Blubbern ihrer Atemluft in den Rebreathern, das ferne Rauschen der Brandung und das eigene, rasende Herzklopfen in den Ohren. Das Wasser war kalt, klar. Das gigantische Chaos-Primus-Symbol auf dem sandigen Meeresboden vor ihnen pulsierte in einem sanften Gold, zeigte den Weg zu einem schmalen, dunklen Spalt in der Felswand am Fuß des Tindaya.

Doch der Weg war blockiert. Drei Ordo-Taucher, schwarze Anzüge, dunkle Visiere, schwebten wie Raubfische vor dem Eingang. Sie hatten sie erwartet. Ihre Unterwasser-Harpunen, mit elektrischen Ladungen oder Giftspitzen, waren auf sie gerichtet. Keine Zeit für Verhandlungen.

Ben gab Elara ein Handzeichen: *Angriff*. Er aktivierte seinen Scooter und schoss nicht auf die Taucher, sondern nach *unten*, auf den Meeresboden, wirbelte Sand auf und reduzierte die Sicht. Elara folgte seinem Beispiel, nutzte die Trübung, um seitlich auf den linken Taucher zuzuschießen. Sie zog das kleine Unterwasser-Messer an ihrem Bein – kein Match für eine Harpune, aber besser als nichts.

Der Kampf war klaustrophobisch, grausam, langsam und tödlich präzise. Ben rammte seinen Scooter in den Bauch des mittleren Tauchers. Der Mann krümmte sich, Luftblasen stiegen aus seinem Regulator. Ben packte ihn, riss ihm die Harpune aus der Hand, stieß sie dem nächsten Taucher in die Seite. Ein Stromstoß jagte durch den Neoprenanzug, der Taucher verkrampfte sich, sank ab.

Elara kämpfte mit dem dritten Taucher. Er war stärker, drückte sie gegen den Fels. Seine Harpune zielte auf ihre Maske. Sie biss zu – nicht ihn, sondern den Schlauch seines Rebreathers. Mit einem Riss gab er nach. Der Taucher riss die Augen auf hinter seinem Visier, griff nach seinem Hals. Elara nutzte den Moment, stieß ihr Messer in seine ungeschützte Achselhöhle. Ein Schwall Blut trübte das Wasser. Sie stieß den Körper von sich.

Ben war schon am Eingang, winkte sie hektisch heran. Sie schwammen in den schmalen Spalt. Drinnen: absolute Dunkelheit, enge Lavatunnel, die sich in die Tiefe des Berges fraßen. Sie aktivierten ihre starken Tauchlampen. Die Wände waren schwarz, glatt, wie geschmolzen und wieder erstarrt. Das Pulsieren der

Fragmente im Koffer war hier intensiv, ein körperlicher Druck.

Sie folgten dem Tunnel, der sich schlängelte, teilte, immer abwärts führte. Das Symbol auf dem Boden war hier nicht sichtbar, aber sie spürten den Weg. Die Fragmente zogen sie. Hinter ihnen tauchten Lichter auf – die Verfolger. Thornes *Schwarze Garde*, mit besserer Ausrüstung und tödlicher Entschlossenheit. Die Jagd durch die Unterwasserhöhlen war ein Albtraum. Enge Passagen, in denen sie sich kaum umdrehen konnten. Scharfe Felskanten, die an ihren Anzügen rissen. Tödliche Hinterhalte. Ein Ordo-Taucher lauerte hinter einer Ecke, schoss eine Harpune ab. Sie verfehlte Ben um Zentimeter, blieb im Fels stecken. Ben drehte sich, feuerte mit seiner Unterwasserpistole – ein dumpfer *Paff*, das Projektil durchschlug das Visier des Tauchers. Blut trübte das Wasser.

Elara führte zeitweise, der Stab in einer Hand, seine Spitze leicht leuchtend, als zeigte er die sicherste Route. Sie zwängten sich durch eine fast zu enge Spalte, spürten den Fels am Helm und den Schultern kratzen. Hinter ihnen hörten sie das Surren der Scooter der Verfolger, näher kommend.

Dann öffnete sich der Tunnel plötzlich. Sie schwammen in eine riesige, natürliche Kuppel. Hier war kein Wasser. Sie brachen durch die Oberfläche in eine gewaltige Luftblase. Die Kammer war so groß wie eine Kathedrale, mit schwarzen, glänzenden Wänden und einer Decke, die in undefinierbarer Höhe im Dunkeln verschwand. Stalaktiten hingen wie erstarrte Tropfen herab. Die Luft war kalt, staubig und schwer, mit Ozon und etwas Metallischem gesättigt. Das Rauschen des Wassers hinter ihnen war plötzlich nur noch ein fernes Murmeln. Absolute Stille.

Sie zogen die Masken ab, keuchten die kalte Luft ein. Ben klammerte sich an eine Felsnase, sein Gesicht aschfahl vor Schmerz und Erschöpfung. Sein Oberschenkel blutete durch das Neopren. Elara schwamm zum Rand, zog sich auf einen schmalen Felsvorsprung. Der Koffer mit den Fragmenten pulsierte intensiv, warf tanzende Lichtreflexe an die Wände. Sie spürte es – sie waren nah. Sehr nah. Das Herz des Berges.

„Eine Verschnaufpause? Wie nett." Die Stimme, rau, eiskalt und unmissverständlich, kam aus dem dunklen Wassereingang, aus dem sie gerade gekommen waren. Silas Thorne brach durch die Wasseroberfläche. Er trug keine Tauchausrüstung. Nur seine schwarze Kampfkleidung, durchnässt und schwer. Sein Gesicht war eine Maske aus kaltem Zorn und tödlicher Entschlossenheit, die Narbe über seinem Auge ein weißer Strich in der Dämmerung. Wasser tropfte von ihm. In jeder Hand hielt er ein langes, gebogenes Kampfmesser, dessen Klingen im Licht ihrer Lampen blutrot schimmerten.

Er hatte seine Männer zurückgelassen, war allein gekommen. Für ihn. Für Ben.

„Adler", spuckte er Wasser aus. „Ende der Flucht. Hier und jetzt."

Ben starrte ihn an. Der Schmerz, die Erschöpfung, die Wut auf den Mann, der Leos Tod befohlen hatte, der Khalid getötet hatte, der unzählige Leben zerstört hatte – alles ballte sich zu einem eisigen Kern in seiner Brust. Er zog sein eigenes Messer, ein schweres, gerades Kampfmesser. „Thorne. Ich habe dich schon in Dresden riechen können. Durch den ganzen Scheiß hindurch. Gestank von Verwesung und Angst."

Thorne lächelte hässlich. „Reden ist Silber, Adler. Sterben ist Gold." Er stieß sich vom Wassereingang ab und schwamm langsam, bedrohlich auf den Felsvorsprung zu, wo Ben sich mühsam hochgezogen hatte. Seine Bewegungen waren flüssig, effizient, die eines geborenen Jägers.

Elara hob den Stab. „Ben! Lass mich…"

„NEIN!" Ben schnitt ihr scharf das Wort ab, ohne sie aus den Augen zu lassen. „Das ist zwischen ihm und mir. Pass auf die Schlüssel auf." Sein Blick sagte mehr, *Das ist persönlich. Meine Rechnung.*

Thorne erreichte den Felsvorsprung, zog sich mit einer kraftvollen Bewegung aus dem Wasser. Wasserlachen bildeten sich um seine Stiefel. Die beiden Männer standen sich auf dem schmalen Grat gegenüber, über dem schwarzen Abgrund der wassergefüllten Kammer. Die Lampen warfen lange, tanzende Schatten an die Wände. Das Pulsieren der Fragmente war der einzige Klang neben ihrem schweren Atem.

Sie bewegten sich fast gleichzeitig. Kein theatralischer Anlauf, nur eine Explosion von tödlicher Absicht. Messer krachten auf Messer, Funken sprühten im Dunkel. Stahl schlitzte durch nasses Gewebe. Ben blockte einen tückischen Stich zur Kehle ab, konterte mit einem schnellen Vorstoß zum Bauch, den Thorne mit einer Drehung parierte. Sie waren gleich stark, gleich schnell, gleich gnadenlos. Ben mit der technischen Präzision und dem Zorn des Gejagten, Thorne mit der brutalen Effizienz und dem Hass des Jägers, dessen Beute ihn zu lange gedemütigt hat.

Ein Messerhieb traf Bens Oberarm, eine flache, brennende Wunde. Ben erwiderte mit einem Tritt gegen Thornes Knie, das vernehmlich knackte. Thorne stolperte, schaffte es aber, sich aufzufangen und Bens nachfolgenden Stich mit einer brutalen Abwehrbewegung zu blocken, die Ben fast das Messer entriss. Sie trennten sich, keuchend, kreisten sich auf dem schmalen Grat ein.

„Dein Bruder hat geschrien, Adler", zischte Thorne, ein böses Grinsen auf den Lippen. „Als wir ihn in Dresden kaltgestellt haben. Nicht lange. Aber es war… befriedigend."

Bens Zorn überschritt eine Grenze. Mit einem brutalen Schrei stürmte er vor, ignorierte die Verteidigung, nur Angriff. Seine Messer fuhren wie Pistons auf Thorne ein. Stahl krachte auf Stahl. Er trieb Thorne zurück, an den Rand des Vorsprungs. Ein falscher Tritt. Thorne rutschte auf den nassen Fels, taumelte. Für einen Moment war er ungeschützt. Ben holte zum tödlichen Stoß aus.

ZZZZZT!

Ein blauer Energiestrahl zischte aus der Dunkelheit, traf den Fels *zwischen* ihnen. Geschmolzenes Gestein spritzte, der Felsvorsprung bebte. Beide Männer wurden zurückgeschleudert.

Oben, an einem schmalen Felssims, der die Kammer umlief, stand Aris van der Leyen. Er war nicht allein. Neben ihm stand ein technischer Operator mit einer schweren, tripodmontierten Version der blauen Ordo-Energiewaffe. Van der Leyen selbst hielt ein kleines Funkgerät und beobachtete das Geschehen mit der kühlen Neugier eines Entomologen. Sein Blick traf Elara, dann Ben.

„Reizende Dramatik, Herr Thorne", rief van der Leyen hinab, seine Stimme hallte in der großen Kammer. „Aber Zeitverschwendung. Die Primärziele sind die Fragmente und die Neutralisierung der Störung." Er deutete mit dem Kinn auf Elara und den Koffer.

„Beenden Sie Ihr persönliches Duell später. Jetzt sichern Sie das Artefakt."

Thorne rappelte sich auf, spuckte Blut aus. Sein Blick auf Ben war reiner, ungefilterter Hass. Aber er gehorchte. Er hob sein Messer nicht wieder gegen Ben, sondern machte einen Schritt auf Elara zu, die den Koffer schützend umklammert hielt, den Stab wie eine Lanze vor sich.

Ben wollte sich auf ihn stürzen, aber Schritte hinter ihm! Die ersten Taucher der *Schwarzen Garde* brachen durch die Wasseroberfläche, kletterten auf den Vorsprung, ihre Waffen auf ihn und Elara gerichtet.

„Elara!" Ben brüllte. „Der Stab! JETZT!"

Elara verstand. Sie richtete den Stab nicht auf Thorne oder die Garde, sondern auf die *Decke* über van der Leyen und dem Waffentechniker. Sie konzentrierte sich nicht auf Zerstörung, sondern auf *Instabilität*, Sie dachte an den Berg, an seine uralte Kraft, an die Fragilität des Gesteins. Der Stern an der Spitze des Stabes leuchtete in einem tiefen, erdigen Braun auf.

Ein Knirschen, ein tiefes Grollen. Über van der Leyen lösten sich plötzlich große Felsbrocken. Der Techniker schrie, versprang zur Seite. Van der Leyen wich mit bemerkenswerter Gelassenheit zurück. Ein gewaltiger Brocken krachte auf, die Energiewaffe, zertrümmerte sie zu funkelndem Schrott. Staub wirbelte auf.

Der Felsvorsprung unter Ben, Thorne und der Garde bebte. Risse taten sich auf. „WEG HIER!" brüllte Ben und stieß sich von Thorne ab. Er packte Elara, riss sie mit sich. Sie sprangen nicht zurück ins Wasser, sondern in einen schmalen, dunklen Spalt in der Kammerwand, der tiefer in den Berg führte. Hinter ihnen donnerte ein Teil des Vorsprungs in die Tiefe, begrub einen der Garde-Soldaten unter sich. Thorne taumelte, schaffte es knapp, sich auf dem verbleibenden Grat zu halten.

Van der Leyen, oben auf dem Sims, beobachtete, wie Ben und Elara im dunklen Spalt verschwanden. Staub rieselte auf seinen makellosen Trenchcoat. Keine Wut in seinen Augen. Nur kalkulierende Entschlossenheit. Er funkte in sein Gerät. „Eindringlinge in Sektor Gamma eingedrungen. Verfolgung sofort einleiten. Alle verfügbaren Kräfte konzentrieren. Das Tor liegt hinter der nächsten Schwelle. Sie dürfen es nicht erreichen. Ich wiederhole: Sie dürfen es NICHT erreichen."

Er blickte hinunter zu Thorne, der sich mühsam aufrappelte, sein Gesicht eine einzige Maske aus Schmerz, Wut und dem brennenden Wunsch nach Rache. Die Jagd ging weiter. Tiefer in den Bauch des Berges. Zum Herzen des Chaos. Und van der Leyen wusste: Der letzte Akt hatte gerade erst begonnen. Die blutrote Dämmerung brach über den Tindaya herein, nicht am Himmel, sondern in seinen heiligen Hallen.

DAS HERZ DES CHAOS (TEIL 2)

Tindaya-Berg, Tiefe – Unbekannt

Der Spalt, in den Ben und Elara geflohen waren, war kein Tunnel. Er war ein Schlund. Glattwandig, fast wie poliert, führte er steil abwärts in eine Schwärze, die ihre starken Lampen kaum durchdrangen. Das einzige Geräusch war das Keuchen ihrer Atemzüge, das Echo ihrer Stiefel auf dem glatten Gestein und das unablässige, tiefe Pulsieren der Fragmente im Koffer, das mit jedem Schritt intensiver wurde. Es war kein Herzschlag mehr. Es war ein *Ruf*. Ein Summen, das in ihren Knochen vibrierte und sie unerbittlich nach unten zog.

Ben stützte sich schwer auf Elara, sein Gesicht eine Maske aus Schmerz und blutigem Schweiß. Die Wunde am Oberschenkel war wieder aufgebrochen, sein Arm brannte von Thornes Messerhieb. Jede Bewegung war Qual. „Wie… wie weit noch?", keuchte er.

Elara spürte es. Der Stab in ihrer freien Hand führte sie, sein Stern pulsierte in einem warmen, goldbraunen Licht, das den Weg vor ihnen erhellte. „Nicht weit. Es… es öffnet sich. Spürst du es? Die Luft…"

Sie hatten recht. Ein warmer, trockener Luftzug strömte ihnen entgegen, trug den gleichen metallischozonartigen Geruch wie die Fragmente, nur konzentrierter, reiner. Und das Pulsieren war jetzt ein körperlicher Druck, der ihre Brust zusammenzuschnüren schien. Nach einer letzten, engen Biegung öffnete sich der Schlund abrupt.

Sie blieben stehen, gebannt, atemlos. Vor ihnen lag die zentrale Kammer. Das Herz des Tindaya. Das Herz des Chaos.

Es war gigantisch. Ein natürlicher Dom von unfassbaren Ausmaßen, dessen Decke Hunderte Meter über ihnen in undurchdringlicher Dunkelheit verschwand. Die Wände waren nicht einfach schwarz, sondern mit bizarren, leuchtenden Mineralien überzogen – Adern aus türkisfarbenem Smaragd, violetten Amethysten, goldenem Pyrit, die in komplexen, fremdartigen Mustern pulsieren und das gesamte Gewölbe in ein gespenstisches, sich ständig veränderndes Licht tauchten. Die Luft war warm, trocken und elektrisch geladen, wie vor einem Gewitter.

Der Boden der Kammer war nicht eben. Ein labyrinthartiges Netzwerk aus schwarzem Basalt, halb geflutet mit kristallklarem, türkisfarbenem Wasser, das aus unsichtbaren Quellen sickerte und in kleinen Wasserfällen in tiefere Becken stürzte. Dazwischen erhoben sich seltsame, turmartige Formationen aus dem gleichen schwarzen Stein, verziert mit den gleichen, fließenden Symbolen, die sie überall gesehen hatten. Und in der Mitte, auf einem riesigen, natürlichen Podest, das aus dem Wasser ragte, befand sich die Vorrichtung.

Es war kein Altar. Es war ein *Mechanismus*. Ein komplexes Geflecht aus Stützen, Vertiefungen und Kanälen aus dem gleichen schwarzen, glasigen Gestein. Fünf Vertiefungen waren klar erkennbar: vier Leere, von der Größe und Form ihrer Fragmente. Und in der fünften, zentralen Position, ruhte etwas, das aussah wie ein großer, ungeschliffener Diamant, der in einem sanften, weißen Licht pulsierte – der Kern. Das Ziel. Das, was die Fragmente vervollständigen würden.

„Das ist es", flüsterte Elara, ihre Stimme voller ehrfürchtigem Schrecken. „Das Tor. Oder die… Maschine."

Ben starrte auf das Podest, dann auf den Koffer in seiner Hand. Das Pulsieren war jetzt so stark, dass der Koffer in seinen Händen vibrierte. „Sieht aus wie ein verdammtes Puzzle für Riesen. Hoffentlich passt es." Seine Worte waren zynisch, aber seine Augen waren weit aufgerissen vor Erstaunen. Selbst für ihn, der die weltweit dunkelsten Ecken gesehen hatte, war dies jenseits von allem.

Doch die Ruhe währte nur Sekunden. Hinter ihnen, aus dem Schlund, drangen Geräusche: klirrende Ausrüstung, keuchende Atemzüge, wütende Befehle. Die Verfolger. Thorne und die *Schwarze Garde*. Und von einem anderen Zugang hoch oben an der Kammerwand – einem schmalen Felspfad – kamen weitere Schatten.

Van der Leyen, begleitet von einer Handvoll schwer bewaffneter Wächterloge-Elitekräfte in anthrazitgrauen Anzügen, technisch ausgerüstet mit Scannern und kompakten Energiewaffen. Sie hatten einen anderen Weg gefunden.

Die drei Fraktionen trafen fast gleichzeitig am Rand der zentralen Kammer ein, getrennt durch das labyrinthartige Wasserbecken und die mineralischen Türme. Ein perfektes, tödliches Dreieck.

Van der Leyen trat auf einen schmalen Felsvorsprung vor, sein Trenchcoat wirbelte im warmen Luftzug. Seine Stimme, durch einen kleinen Verstärker in seinem Revers deutlich vernehmbar, klang kalt und überlegen. „Dr. Vance. Herr Adler. Beeindruckend, dass Sie es so weit geschafft haben. Aber das Spiel ist vorbei. Das, was Sie dort tragen, gehört nicht Ihnen. Es gehört der Menschheit. Und es muss geschützt werden. Vor Ihnen. Vor der Wahrheit, die es birgt."

Elara richtete den Stab auf ihn. „Es gehört der Wahrheit selbst, van der Leyen! Nicht Ihrem Orden von Lügnern und Mördern!"

Van der Leyen lächelte dünn. „Lügen? Wir bewahren die Ordnung. Die Unsichtbaren… sie sind keine Götter. Sie sind Wächter. Sie haben uns vor dem Chaos gerettet, das einst diese Welt verschlang. Und sie haben uns die Verantwortung übertragen, die Stabilität zu wahren. Diese Artefakte… sie sind der Schlüssel zu einem Tor, das besser geschlossen bleibt. Ein Tor zum Urchaos. Seine Öffnung würde alles zerstören, was wir kennen." Seine Augen glitten zu Thorne, der sich mit seinen verbliebenen Gardisten am anderen Ufer positioniert hatte. „Kommandant Thorne. Ihre Pflicht ist klar. Sichern Sie die Fragmente. Eliminieren Sie die Störung."

Thorne starrte van der Leyen an, sein Gesicht eine einzige Narbe aus Schmerz, Wut und Verachtung. Er spuckte Blut aus. „Meine Pflicht? Mein Auftrag kommt von den *Tempelherren*, van der Leyen. Nicht von Ihren unsichtbaren Geistern. Und schon gar nicht von einer Loge von Bürokraten und Bankern." Er hob sein Messer, zeigte auf den Kern auf dem Podest. „*Das* ist die wahre Macht. Und sie wird uns gehören. Den Sturmkriegern. Den Erben des wahren Ordens." Er drehte sich zu seinen Männern. „SICHERT DEN KERN! TÖTET ALLE, DIE IM WEG STEHEN! AUCH DIE IN DEN ANZÜGEN!"

Das war das Signal. Die Hölle brach los.

Die Kammer verwandelte sich in ein dreidimensionales Schlachtfeld von beispiellosem Chaos und tödlicher Schönheit.

Auf den Stegen und Plattformen: Ordo-Gardisten und Loge-Kräfte lieferten sich erbitterte Feuergefechte über die Wasserbecken hinweg. Blaue Energiestrahlen der Loge kreuzten sich mit Geschosshageln der Ordo-Sturmgewehre. Granaten detonierten, ließen Funkenregen von den leuchtenden Mineralwänden sprühen und rissen Löcher in die schmalen Stege. Männer stürzten schreiend in die türkisfarbenen Tiefen. Ben und Elara, in der Mitte, wurden zum Ziel aller. Ben zog Elara hinter einen mineralischen Turm, sein Messer in der einen, eine aufgegabelte Ordo-Pistole in der anderen Hand. Er feuerte gezielte Schüsse, hielt Angreifer in Schach, während Elara versuchte, den Stab defensiv einzusetzen, um Projektile abzuwehren. Ein Loge-Energiestrahl traf den Turm neben ihnen, ließ den violetten Amethyst in tausend glühende Splitter zerspringen.

Im Wasser: Gardisten und Loge-Kräfte wateten oder schwammen durch die Becken, lieferten sich brutale Nahkämpfe zwischen den Basaltsäulen. Messer blitzten, Unterwasserpistolen *pafften*. Das klare Wasser trübte sich schnell mit Blut. Ein Loge-Kämpfer wurde von einem Ordo-Soldaten unter Wasser gezogen und erstickt. Ein Gardist explodierte in einer Wolke aus Dampf und Knochenfetzen, als eine Loge-Mine detonierte.

An den Wänden: Hoch oben, auf schmalen Sim-
sen, versuchten Scharfschützen beider Seiten, die andere Fraktion auszuschalten. Van der Leyen
beobachtete und dirigierte von seinem Vorsprung aus,
geschützt von zwei Leibwächtern mit Energieschilden.
Thorne, trotz seines verletzten Knies, kämpfte wie ein
Dämon, trieb seine Männer vorwärts, hackte sich mit
seinem Messer durch einen Loge-Kämpfer, der ihm
den Weg versperrte.

Helikopterangriff: Plötzlich dröhnte es gewaltig
von oben. Ein schwarzer, unbemerkter Ordo-Trans-
porthubschrauber (eine modifizierte Mi-8) tauchte aus
einem riesigen Schacht in der Decke auf, der bisher im
Dunkeln verborgen war. Seitentüren öffneten sich,
Maschinengewehre hämmerten, fegten über Loge-Po-
sitionen. Seile wurden ausgeworfen, weitere schwarze
Gardisten seilten sich ab, direkt auf das zentrale Podest
zu.

Absturz: Van der Leyen reagierte blitzschnell. Er
riss einem Techniker einen tragbaren Fliegerab-
wehrraketenwerfer aus der Hand. Ein Zielen, ein Zischen. Die Rakete schoss nach oben, traf den Hubschrauber direkt im Rotorkopf. Ein greller Feuerball,

metallisches Kreischen. Der brennende Koloss taumelte, krachte dann seitlich in die Kammerwand, explodierte in einer gewaltigen Feuerwolke, die einen ganzen Abschnitt der Wand und mehrere Türme zum Einsturz brachte. Brennende Trümmer und Körper regneten in die Becken. Der Absturz riss einen neuen, rauchenden Krater in die Wand und blockierte den Decken-Schacht.

Mord und Verrat:

Inmitten des durch den Absturz verstärkten Chaos sah van der Leyen seine Chance. Während Thorne damit beschäftigt war, einen Loge-Energieschild mit roher Gewalt zu überwältigen, stieß van der Leyen mit zwei seiner besten Männer über einen intakten Steg direkt auf Ben und Elara vor, die sich in der Nähe des Podestes verschanzt hatten. Die Leibwächter hielten Ben mit Energieschockern und Nahkampf in Schach. Van der Leyen, eine kleine, präzise Energiewaffe in der Hand, richtete sie auf Elara, die den Koffer und den Stab umklammert hielt.

„Das Ende, Dr. Vance", sagte er kalt. „Übergeben Sie die Fragmente. Widerstand ist zwecklos. Sie verstehen die Tragweite nicht. Die Unsichtbaren…, sie sind nicht unsere Feinde. Sie sind unsere Schöpfer! Sie formten uns aus dem Chaos! Und dieses Tor… es ist kein Ausgang. Es ist ein Gefängnistor. Für *ihn*. Für den Urwirbel, den sie einst bannten! Öffnen Sie es, und Sie befreien die Vernichtung selbst!"

Elara zögerte. Seine Worte trafen sie mit der Wucht einer Offenbarung. War das die Wahrheit? War das Chaos nicht die Quelle, sondern der Gefangene?

In diesem Moment taumelte Thorne, blutüberströmt, aber ungebrochen, aus dem Rauch. Er hatte den Kampf gewonnen. Sein Blick fiel auf van der Leyen, der Elara bedrohte, während seine Männer Ben niederkämpften. Thornes Augen, blutunterlaufen und wahnsinnig vor Wut, fixierten van der Leyen. Nicht als Verbündeten. Als Hindernis. Als Verräter an der wahren Sache der Macht.

„Schöpfer?", brüllte Thorne, sein Lachen ein hässliches Bellen. „Du bist nur ihr *Hund*, van der Leyen! Ein Diener! Und wir? Wir sind die Erben!" Mit einer letzten, übermenschlichen Anstrengung stürmte er über den Steg, ignorierte die Schüsse eines Loge-Leibwächters, die ihn in die Schulter trafen. Sein Messer blitzte. Nicht gegen Elara. Nicht gegen Ben.

Er rammte es van der Leyen mit voller Wucht von hinten in den Nacken, direkt unter den Schädel. Ein schreckliches, nasses Geräusch. Van der Leyen erstarrte. Seine Energiewaffe fiel klappernd zu Boden. Seine Augen weiteten sich vor ungläubigem Schrecken, dann leerer Stille. Ein letztes, blubberndes Wort entwich seinen Lippen: „Ord…nung…". Dann sackte er leblos zusammen. Thornes Akt der Rebellion war vollendet. Der Kopf der Wächterloge war tot.

Thorne, schwer verwundet, taumelte, stützte sich auf den Steg. Sein Blick traf Ben, der gerade den letzten Leibwächter mit einem brutalen Messerstich ausschaltete. „Siehst du, Adler?! Keine Herren mehr! Nur noch… Macht! Und sie gehört… den Stärksten!" Er machte einen schwankenden Schritt auf den Koffer mit den Fragmenten zu, den Elara schützend hielt.

Ben sah den Tod in Thornes Augen. Den Tod, den dieser Mann seinem Bruder Leo gebracht hatte. Den Tod von Khalid. Den Tod von unzähligen anderen. Der Schmerz, die Erschöpfung, der Zorn – alles ballte sich zu einem weißen, reinen Fokus. Mit einem Schrei, der aus der Tiefe seiner Seele kam, stürzte er sich auf Thorne. „FÜR LEO!"

Es war kein eleganter Kampf. Es war eine wilde, brutale Prügelei zweier schwer verwundeter Tiere auf dem schmalen Steg über dem schäumenden Wasser. Fäuste krachten auf Knochen, Messer suchten Fleisch. Ben nutzte Thornes verletztes Knie, brachte ihn zu Fall. Sie rollten, schlugen gegen das Geländer. Holz splitterte. Ben landete oben, sein Messer gezückt. Thorne grinste blutig, griff nach Bens verletztem Oberschenkel. Ben schrie auf, stieß trotzdem zu. Die Klinge traf Thornes Brust, glitt über eine Rippe. Thorne heulte vor Schmerz und Wut, riss Ben herunter. Sie krachten durch das gebrochene Geländer.

Ein Aufprall. Eiskaltes Wasser. Sie waren im Becken. Sie kämpften unter Wasser, trüb vom Blut beider. Ben hatte die Oberhand. Er drückte Thorne unter, seine Hände um den Hals des Mannes geklammert, sein Gewicht nutzend. Thorne wand sich, schlug, blubberte Luftblasen. Seine Bewegungen wurden schwächer. Seine Augen, weit aufgerissen hinter der Blut- und Wasserschicht, starrten Ben mit letztem, ungläubigem Hass an. Dann erloschen sie. Ben hielt ihn noch Sekunden, bis jede Regung erloschen war. Dann stieß er sich ab, tauchte keuchend auf.

Elara stand am Rand, auf dem Steg, den Koffer in einer Hand, den Stab in der anderen. Sie hatte ihn beobachtet. Ihr Gesicht war blass, aber entschlossen. Um sie herum tobte noch immer das Gefecht, aber es verebbte. Die meisten Ordo-Gardisten und Loge-Kämpfer lagen tot oder schwer verletzt in den Becken oder auf den Stegen. Rauch stieg vom abgestürzten Helikopter auf. Die Kammer war ein Schlachthaus, übersät mit Trümmern und Leichen.

Doch auf einem intakten Steg am anderen Ende der Kammer sammelten sich die letzten Feinde: Zwei verbliebene Ordo-Gardisten und ein Loge-Techniker, der eine funktionierende Energiewaffe auf sie richtete. „Die Fragmente!", brüllte einer der Gardisten. „Jetzt!" Ben schwamm mühsam zum Steg, zog sich hoch. Er war am Ende. Blut tropfte aus dutzenden Wunden, sein Atem rasselte. Er sah Elara an. Keine Worte nötig. Es war Zeit.

Sie rannten. Ben hinkte, stützte sich auf sie, so schnell es ging, über den letzten Steg zum zentralen Podest. Kugeln und ein blauer Energiestrahl zischten um sie herum, trafen den Stein zu ihren Füßen, versengten die Luft. Elara stolperte, Ben fing sie auf. Sie erreichten die Vorrichtung.

Mit zitternden, aber entschlossenen Händen riss Elara den Koffer auf. Die Fragmente pulsieren in einem vereinten, blendend weißen Licht. Sie griff nach ihnen, legte sie nacheinander in die dafür vorgesehenen Vertiefungen, die Scheibe. Das Steinbuch. Der Oktaeder. Der Stab. Jedes Mal, als ein Fragment seinen Platz fand, verstärkte sich das Pulsieren der Kammer, das Licht der Mineralien intensivierte sich, ein tiefes, harmonisches Summen erfüllte die Luft.

Der letzte Schuss traf Ben in die Schulter. Er sackte mit einem Stöhnen gegen die Vorrichtung. Elara schrie auf, packte den Kern – den großen, weißen Diamanten – und setzte ihn in die zentrale Vertiefung. Es war der Schlüssel im Schloss.

Ein Augenblick absoluter Stille. Dann…

Die Kammer erwachte.

Ein gewaltiger, goldener Lichtblitz schoss aus dem Kern, durchdrang die gesamte Vorrichtung, floss in die Adern der Mineralwände, ließ sie in einer Intensität leuchten, die schmerzhaft war. Das Summen wurde zu einem mächtigen, tiefen Ton, der durch den Fels und ihre Körper dröhnte. Die gesamte Struktur des Podestes begann sich zu bewegen, Teile drehten sich, verschoben sich mit einem steinernen Ächzen und Knirschen. Das Wasser in den Becken begann zu kreisen, kleine Strudel bildeten sich. Die Luft vibrierte, Staub tanzte in den Lichtströmen.

Elara kniete neben Ben, der sich mühsam aufrichtete, sein Blick gebannt auf das sich entfaltende Wunder der uralten Maschine gerichtet. Die letzten Feinde starrten entsetzt, vergaßen für einen Moment ihre Waffen. Das Herz des Tindaya, das Herz des Chaos, hatte begonnen zu schlagen. Das Tor stand kurz davor, sich zu öffnen. Und niemand wusste, was auf der anderen Seite wartete.

Die Chronik der Unsichtbaren

Die Luft in der Kammer war plötzlich knapp, nicht weil sie verbraucht war, sondern weil sie vor Energie vibrierte. Das Artefakt – kein passives Stück Stein mehr, sondern ein pulsierendes Herz aus fremdartigem Licht – hatte sich nicht einfach aktiviert. Es war *explodiert*, nicht in Materie, sondern in reine, überwältigende Information. Es war, als hätte jemand einen Staudamm des Universums gesprengt, und sie standen direkt in der Flutwelle.

Kein Text erschien. Keine Schriftrollen entrollten sich. Stattdessen erwachte die gesamte Kammer. Die Wände, die Decke, der Boden, selbst die staubige Luft zwischen ihnen – alles wurde zu einem gigantischen, holografischen Projektionsfeld von unfassbarer Auflösung und Tiefe. Es war kein Bildschirm; sie *standen* innerhalb des Archivs, wurden Teil des Datenstroms. Gleichzeitig fühlte es sich an wie ein energetisches Tor, das aufgerissen wurde, ein Portal nicht durch den Raum, sondern durch die Zeit, durch Schichten der Realität, die vor dem menschlichen Verstand verborgen lagen. Sie wurden nicht nur Zeugen, sie wurden *eingetaucht* in die **Chronik der Unsichtbaren**.

Das Wahre, unvorstellbare Alter:

Das erste Gefühl war reine, vernichtende *Zeit*. Nicht die vertrauten 4,5 Milliarden Jahre, die ihnen in Schulbüchern eingehämmert worden waren. Das war ein Wimpernschlag, ein Nichts. Sie wurden zurückgeschleudert, nicht in Jahre, sondern in *Zyklen*. Bilder flossen nicht linear, sondern schichteten sich übereinander, kollidierten, lösten sich auf und formten sich neu. Sie sahen Kontinente entstehen, nicht aus Magma, sondern aus kristallinem Licht, das langsam zu Stein erstarrte. Sie sahen Ozeane aus chemischen Suppen kochen, die nicht Aminosäuren, sondern seltsame, schimmernde Energiemuster hervorbrachten. Sie sahen die Sonne jung, klein und rötlich, dann wieder alt, grellweiß und drohend groß. Die Zeit selbst war nicht konstant; sie dehnte sich, zog sich zusammen, bildete Schleifen. Die Erde war kein einmaliger Planet mit einer linearen Geschichte. Sie war ein *Palimpsest*, ein immer wieder überschriebenes Pergament von unermesslicher Dauer. Zyklen von Leben, Blüte, Katastrophe und völligem Reset, jeder länger als die gesamte bekannte menschliche Existenz, vielleicht länger als das Leben im bisher bekannten Universum selbst. Die Knochen der Dinosaurier? Eine winzige Fußnote im letzten Kapitel des vorherigen Zyklus. Die Erosion der Alpen? Ein kurzer Atemzug.

Die Chronik zeigte nicht Evolution, sondern *Trans-formation*, radikale Neuanfänge, orchestriert von Kräften jenseits ihrer Vorstellungskraft. Ein Gefühl der winzigen, bedeutungslosen Vergänglichkeit erfasste sie, so überwältigend, dass Ben einen trockenen Würgereiz bekam und Elara unwillkürlich nach etwas suchte, an das sie sich klammern konnte – und fand nur die vibrierende, bildwerfende Luft.

Die Schattenschmiede / Die Unsichtbaren:

Und dann wurden die Architekten sichtbar. Nicht in fester Form, denn sie hatten keine, die menschliche Sinne erfassen konnten. Sie manifestierten sich als fließende, sich ständig verändernde Gebilde aus purem Licht und undurchdringlichem Schatten, die nicht nebeneinander existierten, sondern *ineinander* flossen. Licht wurde zu Substanz, Schatten zu Gravitation, und umgekehrt. Sie waren nicht von dieser Welt, vielleicht nicht einmal von dieser Dimension. Die Chronik deutete an, dass sie Überlebende eines unvorstellbar alten Vorläufer-Zyklus waren, Wesen, die den letzten großen Reset überdauert hatten, indem sie ihre Essenz in die grundlegenden Energiemuster des Planeten eingewoben hatten. Sie waren keine Götter, aber sie waren die *Schmiede* der Realität, wie wir sie kannten. Die Chronik zeigte es ungeschminkt:

Manipulation der Evolution: Sie sahen, wie diese Wesen subtile Impulse in die Keimbahnen frühester Lebensformen setzten – nicht um eine bestimmte Art zu erschaffen, sondern um Potenziale zu öffnen, Sackgassen zu schließen, die Entwicklung in Richtung *Bewusstsein* zu kanalisieren. Nicht menschliches Bewusstsein, sondern Bewusstsein als Werkzeug, als Resonator für ihre eigenen Energien. Die Menschheit war kein Zufall, sondern ein langer, sorgfältig geplanter Versuch, ein empfängliches Gefäß zu schaffen.

Katastrophen als Werkzeug: Große Asteroideneinschläge, gewaltige Vulkanausbrüche, rasche Polverschiebungen – die Chronik zeigte, wie einige dieser Ereignisse nicht zufällig waren, sondern präzise ausgelöst oder gelenkt wurden, um unerwünschte evolutionäre Pfade auszulöschen oder die Bühne für den nächsten Schritt zu bereinigen. Die Dinosaurier waren keine Opfer des Zufalls, sondern eines gezielten Abschaltens.

Aufstieg und Fall von Zivilisationen: Atlantis und Mu tauchten nicht als Mythen auf, sondern als blitzartig helle, kurze Funken in der Dunkelheit. Hochtechnologische, spirituell fortgeschrittene Kulturen, die Zugang zu Bruchstücken des Wissens der Unsichtbaren hatten. Aber sie wurden nicht arrogant oder zerstörten sich selbst aus Dummheit. Sie wurden *elim-iniert*, weil sie zu schnell, zu unabhängig wurden, weil sie begannen, die Muster zu durchschauen und die Kontrolle der Unsichtbaren zu bedrohen. Ihre Vernichtung war gnadenlos effizient – tektonische Absenkungen, energetische Implosionen, die kaum Spuren hinterließen außer verwirrten Legenden. Sie waren Warnungen, eingebrannt in das kollektive Unterbewusstsein der Menschheit: Strebt zu hoch, und ihr werdet ausgelöscht.

Die durchgehende Herrschaft – Das unsichtbare Netz:

Die Chronik zoomte heran, in die jüngeren Zyklen, in die Geschichte der Menschheit, wie sie sie zu kennen glaubten. Und hier wurde das Grauen konkret, persönlich, unerträglich. Die Unsichtbaren arbeiteten nicht direkt mit der Menschheit. Sie webten ein Netz der Kontrolle, so alt wie die Zivilisation selbst, und benutzten die Menschen als ihre unbewussten Agenten und Marionetten.

Religionen als Kontrollinstrumente: Sie sahen, wie archetypische Muster – der sterbende und wiederauferstehende Gott, die strafende Gottheit, die Verheißung eines Jenseits – von den Unsichtbaren in die frühen menschlichen Mythen implantiert wurden. Priesterkasten wurden nicht von Göttern berufen, sondern subtil beeinflusst, Dogmen zu schaffen, die Angst, Schuld und blinden Gehorsam förderten. Die großen religiösen Stifter? Ihre Visionen waren oft echt, aber verzerrt, manipuliert von den flüsternden Schatten am Rande der Wahrnehmung. Religion war nicht Opium fürs Volk; es war das Fundament der Gefängnismauer, konstruiert um die menschliche Seele, um sie von ihrer wahren Kraft und ihrem kosmischen Erbe abzuschneiden.

Imperien als Schachbretter: Alexander, Caesar, Dschingis Khan, Napoleon – ihre Eroberungen waren keine persönlichen Triumphe, sondern Teil eines größeren Spielbretts. Die Chronik zeigte die unsichtbaren Fäden: Finanzierung aus dem Nichts, strategische Eingebungen, die Niederlage eines zu unabhängigen Herrschers durch plötzliche "Unglücke" oder Verrat, der von unbewussten Handlangern ausgeführt wurde. Imperien stiegen auf und fielen nicht aufgrund wirtschaftlicher oder militärischer Logik, sondern um Konflikte zu schüren, Ressourcen zu konzentrieren und die Menschheit in einem Zustand kontrollierter Spaltung zu halten. Krieg war nicht die Fortsetzung der Politik, es war die *Aufrechterhaltung* der Kontrolle durch Chaos.

Geld als unsichtbare Kette: Die Chronik offenbarte den Ursprung des Geldes nicht als Tauschmittel, sondern als *Kontrollmatrix*. Das Konzept der Schuld, des Zinseszinses, der globalen Finanznetze – alles war ein künstliches Konstrukt, das von den Unsichtbaren initiiert und von ihren menschlichen Dienern perfektioniert wurde. Es war eine unsichtbare Kette, die jeden Menschen fesselte, ein System endloser Arbeit und Abhängigkeit, das wahres Potential erstickte und die Aufmerksamkeit auf den Kampf ums Überleben statt auf die Suche nach Erkenntnis lenkte. Die Banker und Finanziers? Die meisten waren nur Rädchen im Getriebe, ahnungslose Nutznießer eines Systems, das sie nicht verstanden. Die wahren Architekten saßen im Schatten.

Geheimgesellschaften als ausführende Organe: Die Bilder wurden schärfer, näher. Sie sahen Treffen in unterirdischen Gewölben, nicht von finsteren Verschwörern, sondern von Männern (und wenigen Frauen) in prächtigen Roben, die sich für die Erleuchteten hielten. Templer, die nicht nur Reichtümer horteten, sondern uraltes, fragmentarisches Wissen der Unsichtbaren bewachten – und verdrehten. Freimaurer, deren Symbole und Rituale nicht humanitäre Ideale kodierten, sondern energetische Muster, die den Einfluss der Unsichtbaren verstärkten und die Mitglieder subtil an deren Willen banden. Rosenkreuzer, Illuminaten, unzählige andere Orden – sie waren keine Herrscher, sondern die *Verwalter* des Systems, die Hüter der Lüge, die ausführenden Organe über Jahrtausende. Sie glaubten, Teil einer erhabenen Hierarchie zu sein, die zur Erleuchtung führte. In Wahrheit waren sie die Gärtner, die den Käfig pflegten, ohne zu wissen, dass sie selbst darin gefangen waren. Ihre Macht war geliehen, ihr Wissen ein Köder.

Der Schattenrat – Die menschliche Maske:

Und dann fiel der Blick auf die Gegenwart. Auf die mächtigen Konferenzräume, die abgeschirmten Anwesen, die geheimen Gipfel der globalen Elite. Der "Schattenrat", den sie gefürchtet und gejagt hatten, trat ins Bild – Präsidenten, Milliardäre, Medienmogule, Generäle. Aber die Chronik riss ihnen die Maske herunter. Sie waren nicht die Quelle der Macht. Sie waren die *Marionetten*, die sichtbare Spitze eines Eisbergs, dessen unfassbare Masse aus Licht, Schatten und alter Zeit in den Tiefen der Realität verborgen lag. Ihre Entscheidungen, ihre Kriege, ihre wirtschaftlichen Manöver – sie folgten einem Skript, das ihnen durch subtile Eingebungen, durch "wirtschaftliche Notwendigkeiten" oder durch die kontrollierte Opposition eingeflüstert wurde. Sie waren Statisten auf einer Bühne, die von Wesen gebaut wurde, die die Menschheit als Ganzes als Ressource, als Experiment, als Batterie betrachteten. Der Schock der Erkenntnis war physisch: Die Feinde, die sie bekämpfen wollten, waren selbst nur Gefangene in einem viel größeren, grausameren Gefängnis.

Der kosmische Reset-Zyklus – Die nahende Sturmflut:

Die Chronik beschleunigte sich, jagte in die Zukunft, oder in das, was als mögliche Zukunft projiziert wurde. Sie zeigte keine klaren Bilder, sondern Ströme chaotischer Energie, die durch das Sonnensystem fegten, Gravitationswellen, die Sterne zum Flackern brachten, seltsame Teilchen, die die Erdatmosphäre durchdrangen und alles Leben auf zellularer Ebene beeinflussten. Es war ein kosmischer Zyklus, unvermeidlich wie die Gezeiten, aber unvorhersehbar in seinen konkreten Auswirkungen. Ein "Chaos"-Zyklus, eine Phase der energetischen Umwälzung, in der die festgefahrenen Muster der Realität aufgebrochen und neu geordnet wurden. Für die Unsichtbaren war dies die ultimative Bedrohung. Ihr gesamtes Kontrollsystem, ihr Netz aus Energie und Einfluss, das über unermessliche Zeit aufgebaut worden war, war auf Stabilität ausgelegt. Das Chaos drohte es zu zerreißen, die Menschheit aus ihrer Trance zu reißen und Kräfte freizusetzen, die selbst die Unsichtbaren nicht vollständig beherrschen konnten – Kräfte, die in der menschlichen Seele selbst schlummerten, seit sie manipuliert worden war. Die Chronik zeigte ihre verzweifelten Pläne: Die Beschleunigung der globalen Überwachung und Kontrolle, die Entwicklung fortgeschrittener, auf Bewusstsein einwirkender Technologien, die Unterdrückung jeder Form von echtem spirituellen Erwachens, und im Extremfall – den Versuch, den Reset selbst zu *kanalisieren* oder zu *verzögern*, koste es, was es wolle. Selbst eine teilweise oder vollständige Dezimierung der Menschheit war in ihren kalten Kalkulationen nur eine variable Größe, wenn es darum ging, ihre Herrschaft über den Planeten und seine Ressourcen zu erhalten. Die Erde stand am Rande nicht einer politischen oder ökologischen Krise, sondern eines *realitätsverändernden Ereignisses*, und die unsichtbaren Herren zitterten um ihre Macht.

Die Emotionen – Ein Universum zerbirst:

Die Flut der Enthüllungen war nicht nur intellektuell; sie war eine physische und seelische Vergewaltigung.

Die schiere Menge an Information, die Unvorstell-
barkeit der Zeiträume und der Kräfte, die sie sahen,
ließ ihre Gedanken stolpern und sich auflösen. Es war,
als würde man versuchen, den Ozean mit einem
Teelöffel zu schöpfen. Ihre Sinne waren überlastet, ihre
neuronalen Bahnen glühten. Elara spürte, wie ihr Verstand sich ausdehnte und an den Rissen zu zerbrechen
drohte, nicht unter Schmerz, sondern unter der schieren
Größe des Unfassbaren.

Das Ausmaß der Manipulation, die Kaltherzigkeit, mit
der ganze Zivilisationen geopfert, Individuen zu
bloßen Werkzeugen degradiert wurden, erfüllte sie mit
eisigem Ekel. Die Erkenntnis, dass jeder Aspekt ihrer
Geschichte, ihrer Gesellschaft, ihrer persönlichen
Überzeugungen möglicherweise ein sorgfältig
eingepflanzter Samen der Kontrolle war, ließ Ben wür-
gen. Es war ein Abscheu, der tiefer ging als alles, was
sie je gefühlt hatten – eine Abscheu vor der entweihten
Essenz ihrer eigenen Spezies.

Alles, woran sie geglaubt hatten – die wissenschaftliche Geschichte der Erde, die Entwicklung
der Zivilisation, die Natur von Macht und Religion –
zerbröselte zu Staub. Ihre Realität war eine Illusion,

ein Theaterstück, aufgeführt für einen unsichtbaren Zuschauer und Regisseur. Bens pragmatisches Weltbild, auf Fakten und Logik gebaut, wurde pulverisiert. Elaras Suche nach Wahrheit in den verborgenen Ecken der Geschichte erwies sich als kindliches Stochern am Rand eines Abgrunds, der die gesamte menschliche Existenz verschlang. Es war kein Zweifel mehr, es war der vollständige Kollaps des Bezugssystems.

Trotz des Grauens, trotz der Abscheu, gab es in Elara einen Teil, der nicht aufhören konnte, zu *staunen*. Die Schönheit der kosmischen Zyklen, die unfassbare Komplexität der Energiemuster, die bloße *Existenz* dieser alten Wesen – es war die ultimative verborgene Wahrheit, nach der sie immer gesucht hatte. Diese Faszination war gefährlich, fast ketzerisch angesichts des offenbarten Bösen, aber sie brannte in ihr wie eine kalte Flamme. Sie *wollte* mehr verstehen, auch wenn es sie zerstörte.

Für Ben war es reiner Albtraum. Die Paranoia, die ihn seit ihrer Flucht begleitet hatte, explodierte zur absoluten Gewissheit. *Alles* war verdächtig. Die Luft, die sie atmeten, der Boden unter ihren Füßen, ihre eigenen Gedanken – konnten sie jemals sicher sein, dass sie nicht manipuliert wurden? Wer war noch ein ahnungsloser Diener, wer ein wissender Agent? Das Gefühl, in einem Netz gefangen zu sein, das von Wesen gewoben wurde, die älter als die Sterne waren, ließ ihn hyperventilieren. Jeder Schatten in der vibrierenden Kammer schien lebendig, bedrohlich. Sein Instinkt schrie nach Flucht, aber wohin? Vor einem Feind, der überall und nirgends war?

Die Liebe – Der einzige feste Punkt:

In diesem Inferno aus Enthüllungen und zusammenbrechender Realität geschah das Unerwartete, das Einzige, das natürlich war. Die Kammer bebte nicht mehr nur energetisch; erste physikalische Risse zuckten durch die Wände. Staub rieselte von der Decke. Das Artefakt, der Kern des energetischen Tores, pulsierte unregelmäßig, wild, als würde es unter der Last der übertragenen Information bersten. Der Boden unter ihren Füßen neigte sich gefährlich. Sie wurden gegen die Wand geschleudert, die jetzt nicht mehr fest war, sondern wie eine Projektionsleinwand aus flüssigem Nebel zitterte. Ben landete hart, Elara stürzte fast über ihn.

In diesem Moment, eingeklemmt zwischen vibrierendem Gestein und der erschütternden Vision des kosmischen Chaos, dem nahenden physischen Kollaps der Kammer und dem viel tieferen Kollaps ihres gesamten Universums aus Bedeutung, trafen sich ihre Blicke. Nicht in Faszination, nicht in Entsetzen. In nacktem, ungeschütztem *Sein*. Sie sahen die gleiche existenzielle Verlorenheit, die gleiche vernichtende Einsamkeit im Angesicht des Unfassbaren. Und in dieser Einsamkeit, die sie teilten, war plötzlich eine Verbindung, so intensiv und real wie alles andere in dieser irren Kammer. Stärker sogar.

"Elara..." Bens Stimme war ein heiseres Krächzen, überschattet vom Grollen des zerfallenden Steins. Er hatte keine Worte für das, was er gesehen hatte. Nur für das, was er fühlte. *Jetzt*. In diesem Moment, der vielleicht ihr letzter war. "Ich... ich habe Angst. Nicht nur vor... *ihnen*." Er machte eine schwache Geste in die vibrierende Luft. "Ich habe Angst, dass wir... dass *ich*... hier herauskomme und nichts davon je sagen kann. Dass es alles umsonst war."

Elara starrte ihn an, Tränen der Überwältigung, des Schmerzes und plötzlich einer ganz anderen, reinen Emotion in ihren Augen. Ihre Hand fand seine, klammerte sich mit einer Kraft fest, die er ihr nie zugetraut hätte. "Ben," flüsterte sie, ihre Stimme brach unter der Last, aber ihr Blick war unerschütterlich klar in diesem

Augenblick der Nähe zum Tod. "Es ist nicht umsonst.
Wir wissen es. *Wir* haben es gesehen.
Zusammen." Sie zögerte einen Herzschlag lang, dann
brach es aus ihr heraus, nicht als romantisches
Geständnis, sondern als letzte, verzweifelte Behaup-
tung ihrer Menschlichkeit gegen die kalte Maschinerie
der Unsichtbaren: "Und ich... ich liebe dich. Hier. Jetzt.
Inmitten dieses ganzen Wahnsinns. Das ist real. Das ist
unser."
Es war kein Kuss der Leidenschaft, sondern einer der
absoluten Verbundenheit, der Anerkennung und des
Trostes. Ein Anker, den sie in den Abgrund warfen, in
den sie beide stürzten. In diesem Kuss war alles enthal-
ten:, das Grauen des Gesehenen, die nackte Angst, die
überwältigende Faszination, und die schiere, rettende
Kraft, nicht allein zu sein. Sie war der einzige feste
Punkt in einem kollabierenden Universum, ein Funke
menschlicher Wärme in der eisigen Weite der enthüll-
ten kosmischen Gleichgültigkeit. Für einen flüchtigen
Moment war der Lärm der zerfallenden Kammer, das
Flackern der apokalyptischen Visionen, das Geflecht
der Kontrolle – alles ausgeblendet. Es gab nur diesen
Punkt der Verbindung.

Das Ende – Flucht durch die Hölle:

Der Moment zersplitterte wie Glas. Das Artefakt explodierte – nicht in Materie, sondern in einem finalen, blendenden Stoß reiner Energie und Information, der sie wie Puppen durch die Kammer schleuderte. Gleichzeitig brach die physische Struktur endgültig zusammen. Mit einem ohrenbetäubenden, tiefen Knirschen und Bersten brachen riesige Steinplatten von der Decke. Der Boden öffnete sich unter ihnen. Das Licht der Chronik erlosch abrupt, ersetzt durch Staub, Dunkelheit und das infernalische Getöse des sterbenden Gesteins.

"LOS!", brüllte Ben, seine Stimme von Adrenalin und blankem Überlebenswillen überschrien den Lärm. Er riss Elara hoch, die noch benommen vom Energiestoß und dem Geständnis war. Sie stolperten, fielen, rappelten sich wieder auf. Der Eingangstunnel, durch den sie gekommen waren, war verschüttet, von einem Felsbrocken blockiert, groß wie ein Auto.

"Da!" keuchte Elara und deutete auf einen Spalt, der sich durch eine einstürzende Wand gerissen hatte – ein Abfluss für den Druck, der sich aufbaute. Es war eng, dunkel und führte schräg nach oben. Ohne zu zögern, zwängten sie sich hinein, Steine schliffen an ihren Armen, Staub füllte ihre Lungen. Hinter ihnen stürzte die Hauptkammer mit einem finalen, dröhnenden Kollaps in sich zusammen, eine Druckwelle aus Staub und Trümmern jagte ihnen durch den Spalt nach.

Sie waren in einem Labyrinth aus Tunneln, die nicht für Menschen gemacht waren. Alte Lavaröhren, von Erdbeben deformiert, teilweise mit Wasser gefüllt. Das Beben riss weiter, neue Risse öffneten sich, Wasser schoss aus Spalten, vermischte sich mit dem Staub zu einer erstickenden Schlammlawine. Sie kämpften sich vorwärts, stolperten durch knietiefes eiskaltes Wasser, kletterten über Geröllhalden, die unter ihren Füßen nachgaben. Ben zog Elara über einen eingestürzten Abschnitt, als sich der Tunnel hinter ihnen schloss. Ein Felsbrocken streifte Elaras Bein, sie schrie auf vor Schmerz, humpelte weiter. Ben stützte sie, sein Arm um ihre Taille, ihr Gewicht fast zu viel in der engen, einstürzenden Hölle. Ihr Atem war ein brennendes Röcheln, ihre Herzen hämmerten wie Vorschlaghämmer gegen ihre Rippen. Das Wasser stieg, schwappte jetzt an ihre Hüften, dann ihre Brust. Sie wateten, schwammen kurze Strecken, tauchten unter einstürzenden Deckenbalken aus Stein. Der Sauerstoff wurde knapp, die Dunkelheit fast absolut, nur unterbrochen von den Funken, die vor ihren überanstrengten Augen tanzten. Die Paranoia Bens war nicht vergessen, aber überlagert vom puren Instinkt: *Überleben. Sie ans Licht bringen.*

Plötzlich – ein Hauch kühler, *frischer* Luft. Ein schwacher Lichtschein, weit oben. Ein schmaler Schacht, fast senkrecht, mit alten, verrotteten Holzleitern, die an den Wänden befestigt waren. Sie waren halb ertrunken, erschöpft bis aufs Mark, blutend, mit gebrochenen Rippen (Ben spürte es bei jedem Atemzug) und einem verletzten Bein (Elara konnte kaum noch auftreten). Aber der Anblick des Lichts gab ihnen eine letzte, verzweifelte Kraft. Ben kletterte zuerst, testete die morschen Sprossen, zerriss sich die Hände am bröckelnden Holz. Er zog Elara hinter sich her, Stufe für qualvolle Stufe. Eine Sprosse brach unter ihrem Fuß, sie hing nur an Bens Griff, ihre Finger krampften sich um sein Handgelenk. Mit einem letzten, keuchenden Riss zerrte er sie hoch. Wasser plätscherte unter ihnen, Schlamm regnete von den Wänden.

Oben. Ein schmaler Ausgang, verborgen hinter einem Vorhang aus Efeu und Dornengestrüpp. Sie brachen hindurch, fielen nicht in die Freiheit, sondern *wälzten* sich ins Freie. Nass, verdreckt, blutverschmiert, zitternd. Die Luft traf sie wie ein Schlag – sauber, kühl, gefüllt mit dem Geruch von Erde und... Freiheit? Sie lagen auf dem Rücken, starrten in einen bewölkten, grauen Himmel. Keine vibrierenden Wände, keine apokalyptischen Visionen. Nur Stille, unterbrochen von ihrem eigenen keuchenden Atem und dem fernen, dumpfen Grollen des einstürzenden Berges unter ihnen.

Ben drehte den Kopf. Neben ihm lag Elara, ihre Augen geschlossen, Tränen rannen schmutzige Furchen über ihre Wangen, aber ihre Hand suchte wieder seine. Er hielt sie fest, so fest er konnte. Sie hatten es geschafft. Sie waren draußen. Aber sie waren nicht frei. Sie trugen die Chronik in sich. Die Wahrheit. Und die Last, die damit kam, war unermesslich. Das Licht des Tages fühlte sich plötzlich kalt an, fremd. Die Welt, in die sie zurückgekehrt waren, war nicht mehr ihre Welt. Sie war die Bühne. Und der Vorhang war gerade erst aufgegangen. Das Artefakt, die Fragmente? Zersprungen, für immer verloren im Kollaps. Oder... vielleicht verschmolzen mit dem Gestein, ein schlummerndes Wissen, das auf seine nächste Entdeckung wartete. Aber das war eine Frage für eine andere Zeit. Jetzt gab es nur den Himmel, den schlammigen Boden, das Hämmern ihrer Herzen und die unauslöschliche, erschütternde Gewissheit, nichts war, wie es schien. Und der Sturm kam.*

Am Rande des Rauschens

Das erste Bewusstsein war nicht Sehen, sondern
Fühlen. Der scharfe, beißende Schmerz in Bens
Brustkorb bei jedem Atemzug. Das pulsierende Bren-
nen in Elaras Oberschenkel, wo der Stein sie gestreift
hatte. Der kiesige Sand, der sich unter ihren wunden
Körpern eindrückte, kalt und nass vom zurückwe-
ichenden Meer. Dann der Geschmack: Salz, Schlamm
und das metallische Echo von Blut auf ihren Lippen,
vermischt mit dem scharfen Geruch von verfaultem
Tang und dem mineralischen Hauch vulkanischer As-
che. Schließlich öffneten sie die Augen.
Grau. Alles war in Grautönen getaucht. Ein bleierner
Himmel, der sich knapp über dem Horizont in ein
schmutziges Orange und Blassrosa auflöste – die Morgendämmerung über **Fuerteventura**. Sie lagen
halb im Wasser, halb am Strand eines abgelegenen, von
schroffen Klippen eingefassten Kiesstrandes. Keine
Menschenseele. Nur das monotone Rauschen der
Brandung, das wie das Atmen eines riesigen,
schlafenden Tieres klang. Das Grollen des kollabierenden Berges unter dem Meer war verstummt, ersetzt
durch diese gleichmäßige, beinahe beruhigende Kako-
fonie aus Wasser und Stein.
Sie bewegten sich wie Roboter, jeder Muskel
protestierte, jeder Knochen schien gebrochen. Mit let-

zter Kraft zogen sie sich aus der Reichweite der Wellen, kriechend, stolpernd, bis sie auf trockenerem Sand kollabierten. Sie waren Ruinen. Ihre Kleidung war zerfetzt, steif von getrocknetem Salzwasser und Schlamm, durchsetzt mit dunklen Blutflecken. Ihre Haut war zerkratzt, verbrannt von der Reibung gegen Fels und Sand, übersät mit blauen Flecken, die wie düstere Karten auf ihren Gliedmaßen und Rümpfen begannen. Ben spürte, wie seine Rippen bei der kleinsten Bewegung miteinander rieben, ein scharfer, stechender Schmerz, der ihm den Atem raubte. Elaras rechtes Bein war angeschwollen, eine tiefe, schmutzige Furche zog sich über den Oberschenkel, jede Belastung ließ sie vor Schmerz zusammenzucken. Ihre Gesichter waren maskenhaft vor Schmutz und Erschöpfung, die Augen eingesunken, von tiefen Ringen umschattet, in denen sich noch das Flackern apokalyptischer Visionen spiegelte. Sie sahen aus wie Überlebende eines Schiffbruchs – was sie im übertragenen Sinne auch waren. Ein Schiffbruch ihrer Realität.

Ihr Blick schweifte über den verlassenen Strand. Dann fiel er auf eine niedrige, verwitterte Steinhütte, die etwa hundert Meter weiter in der Biegung der Bucht gegen die Klippen gekuschelt lag. Ein verlassenes Fischerhäuschen, das Dach teilweise eingestürzt, die Tür nur noch ein verrotteter Holzrahmen. Ein Zufluchtsort. Mit stummem, gemeinsamem Einverständnis begannen sie den mühsamen Weg dorthin. Jeder Schritt war eine Qual, eine Erinnerung an die Hölle, aus der sie gekrochen waren. Das Rauschen des Meeres schien mit jedem Tritt lauter zu werden, ein permanentes Hintergrundrauschen, das in ihre Schädel drang.

Verlorene Zuflucht: Inventur der Verwüstungen
Die Hütte war eine einzige Kammer, karg und vom Salz der Jahrzehnte ausgebleicht. Der Geruch von Moder, Vogelkot und altem Netzzeug lag in der Luft. Aber es war trocken und bot Schutz vor dem kühlen Morgenwind und neugierigen Blicken – falls es hier überhaupt welche gab. Sie fielen mehr als sie gingen durch die leere Türöffnung und kollabierten auf dem staubigen, steinernen Boden.
Die erste Stunde verbrachten sie schweigend. Atmen. Nur atmen. Den schieren Umstand ihres Überlebens verarbeiten. Die Stille war schwer, erfüllt vom Echo des Gesehenen und dem unablässigen Rauschen des Meeres draußen. Es war kein friedliches Schweigen, sondern das Schweigen nach der Explosion, wenn der Rauch sich langsam hebt und das Ausmaß der Zerstörung sichtbar wird.

Dann begann die **Inventur der Verwüstungen**
 Ben tastete vorsichtig seinen Brustkorb ab. Mindestens eine, vielleicht zwei gebrochene Rippen. Jede

tiefe Atmung war eine Qual. Seine Hände waren aufgeschürft, die Fingerkuppen blutig vom Klettern über scharfkantiges Gestein. Kopfschmerzen, dumpf und tief sitzend, pochten hinter seinen Schläfen. Elara untersuchte ihr Bein. Die Wunde war tief, aber nicht klaffend. Sie hatte geblutet, aber nicht lebensbedrohlich. Die Schwellung war beunruhigend, das Gewebe heiß und entzündet. Sie hatte einen tiefen Schnitt an der Schulter, wahrscheinlich von einem herabfallenden Stein. Ihr Kopf brummte, ein Nachhall des energetischen Schlags des Artefakts. Beide waren dehydriert, ausgehungert und am Rande der totalen körperlichen Erschöpfung. Ihre Vorräte, ihre Ausrüstung – alles verloren in der eingestürzten Kammer oder dem Tunnel. Sie besaßen nur noch, was sie am Leib trugen: zerrissene, schmutzstarrende Kleidung und die unauslöschlichen Bilder in ihren Köpfen.

Dies war die tiefere Verwüstung. Die Welt, in die sie zurückgekehrt waren, war nicht mehr *ihre* Welt. Sie war eine Kulisse, eine Illusion, hinter der sich ein unvorstellbar altes, grausames Spiel abspielte. Die Erinnerung an die Chronik brannte in ihnen wie Säure. Die fließenden Wesen aus Licht und Schatten. Die Zyklen, die die menschliche Existenz zu einem Wimpernschlag degradierten. Atlantis, Mu – nicht Mythen, sondern Warnschüsse. Die Religionen, Imperien, das Geldsystem, die Geheimgesellschaften – allesamt Instrumente einer Herrschaft, die älter war als die Berge. Der Schattenrat als lächerliche Marionetten. Und der drohende kosmische Reset, der alles infrage stellte. Es war ein Wissen, das zu groß, zu monströs war, um es zu verdauen. Es lag wie ein giftiger Nebel in ihren Gedanken, der jede rationale Betrachtung vernebelte. Das Gefühl von absoluter Bedeutungslosigkeit und gleichzeitig einer schrecklichen, ungewollten Auserwähltheit. Sie waren Zeugen geworden. Und Zeugen waren gefährlich.

Nicht nur die Ausrüstung. Ihre Unschuld. Ihr Vertrauen in die Geschichte, in die Struktur der Welt, in die Natur der Macht. Ihre Illusion von Freiheit. Selbst ihre Identitäten – wer waren Ben Thorn, die Elara Vance *jetzt*, nachdem sie die Chronik gesehen hatten? Jäger? Gejagte? Widerstandskämpfer gegen eine unmögliche Macht? Oder nur zwei irrelevante Staubkörner im Getriebe eines kosmischen Uhrwerks, das sie nicht verstanden? Der Verlust ihrer vorherigen Realität war vielleicht der größte von allen. Die Welt draußen, jenseits des Strandes, wirkte plötzlich fremd, künstlich, wie ein schlecht gemachtes Bühnenbild.

Reflexion im Staub: Das unfassbare Begreifen

Die Stille brach schließlich, nicht mit einem Knall, sondern mit einem zitternden Atemzug, Elsras. "Ben?" Ihre Stimme war rau, kaum mehr als ein Krächzen.

Er drehte langsam den Kopf, jede Bewegung kostete Überwindung. "Ja?"

"War es... war es real?" Die Frage war kindlich, verzweifelt. Die Frage eines Geistes, der an den Grenzen seiner Kapazität zerschellt war. "Oder... eine Halluzination? Der Sauerstoffmangel? Der Schock?"

Ben schloss die Augen. Das Inferno der Bilder, die überwältigende Präsenz der Information, die physische Gewalt der Energie – es war zu intensiv, zu *detailliert* gewesen, um Einbildung zu sein. "Es war real, Elara", presste er hervor. "Zu real."
Und so begannen sie zu sprechen. Zögernd, bruchstückhaft, als würden sie über glühende Kohlen gehen. Jedes Wort war eine Anstrengung, jedes ausgesprochene Detail eine Wiedereröffnung der Wunde. Doch sie *mussten* es tun. Sie mussten versuchen, das Unfassbare in Worte zu fassen, um es vielleicht, vielleicht nur einen Bruchteil, zu begreifen. Um einander zu versichern, dass sie nicht verrückt geworden waren.
Elaras wissenschaftlicher Geist im Kampf:** Sie war die Logikerin, die Archäologin, die nach greifbaren

Beweisen suchte. Doch was sie gesehen hatten, sprengte jede wissenschaftliche Methode, jedes bekannte Paradigma. "Die Zeitzyklen..." Sie schüttelte den Kopf, als könnte sie die Bilder so abschütteln. "Es widerspricht allem. Geologie, Physik, Biologie... die etablierten Modelle funktionieren innerhalb *ihres* Rahmens. Aber dieser Rahmen... er ist nur der letzte Akt eines Stücks, das seit... seit..." Sie fand keine Worte für die Dauer. "Wie können wir das jemals beweisen? Wie kann man etwas messen, das unsere Instrumente, unsere Mathematik übersteigt? Die Chronik *war* der Beweis, und sie ist weg. Zurück bleibt nur... dieses Gefühl. Diese Gewissheit, die wie ein Tumor in mir wächst." Sie rang sichtlich mit sich. Ein Teil von ihr brannte noch immer vor der Faszination des Gesehenen – die Komplexität, das Alter, die bloße Existenz dieser Kräfte. Aber dieser Teil wurde von Abscheu und Verzweiflung überlagert. "Sie manipulierten uns. Nicht nur unsere Geschichte... sondern unsere *Biologie*. Unsere Entwicklung. Sind wir überhaupt *wir*? Oder nur das, was sie aus uns gemacht haben?" Es war die fundamentale Infragestellung ihrer gesamten Existenz und ihres Berufs. Was war Archäologie noch wert, wenn jede ausgegrabene Scherbe Teil eines manipulierten Narrativs war?

Während Elara mit der Unfassbarkeit rang, war Bens Schlussfolgerung erschreckend klar. "Es hört nie auf,

Elara." Sein Blick war starr, auf einen Riss in der gegenüberliegenden Wand gerichtet, aber er sah etwas ganz anderes. "Die Jagd. Sie werden nicht aufhören. Nicht nachdem, was wir gesehen haben. Sie *wissen* es jetzt." Die Paranoia, die in der Chronik-Kammer ihren Höhepunkt erreicht hatte, war nicht verschwunden; sie hatte sich in eine eisige Gewissheit verwandelt. "Dieses Wissen... es ist eine Zielscheibe, die auf uns brennt. Sie werden jede Faser, jeden Atemzug überwachen. Jeden, der uns nahesteht... sie werden benutzen oder eliminieren." Er dachte an sein altes Leben, an flüchtige Bekanntschaften – allesamt potenzielle Hebel gegen sie. "Wir sind Gezeichnete. Für immer." Sein pragmatischer Geist suchte nach Auswegen, aber jeder schien in eine Sackgasse zu führen. "Und dieser kosmische Zyklus... das Chaos... es macht sie nervös. Und nervöse Mächte... die sind am gefährlichsten. Sie werden noch brutaler vorgehen. Noch mehr kontrollieren wollen. Und wir... wir haben einen Blick in ihre Schaltzentrale geworfen. Wir sind eine Unberechenbarkeit. Die werden sie ausschalten." Ausgehend von dieser düsteren Analyse diskutierten sie ihre Möglichkeiten, ein verzweifeltes Schachspiel auf einem Brett, das bereits gegen sie geneigt war.

Sich in die Anonymität irgendeiner abgelegenen Ecke der Welt verkriechen. "Aber wohin?" fragte Ben bitter.

"Wenn sie ganze Zivilisationen auslöschen können, Kontinente versenken... was ist dann eine Insel? Ein Bergdorf? Sie haben Augen und Ohren überall. In den Regierungen, in den Konzernen, in den... *Netzen*." Er meinte nicht nur das Internet, sondern das unsichtbare Geflecht der Kontrolle. "Und auch wenn wir uns verstecken könnten... könnten wir mit diesem Wissen *leben*? Immer wissend, was da draußen geschieht? Immer wissend, dass wir nur warten?" Es war ein langsamer, geistiger Tod. Eine Kapitulation.

Die Wahrheit in die Welt schreien. Das Internet nutzen, anonyme Depots, Kontakte in alternativen Medien. Die Chronik rekonstruieren, so gut es ging. Elaras Augen blitzten kurz auf bei dem Gedanken – die Wissenschaftlerin in ihr wollte die Erkenntnis teilen, die Welt aufrütteln. Doch der Funke erlosch schnell. "Wer würde es glauben?" fragte sie resigniert. "Ohne Beweise? Es klingt wie der wahnwitzigste Verschwörungsmythos aller Zeiten. *Wir* würden für verrückt erklärt. Eingesperrt. Und das wäre noch das Beste." Ben nickte grimmig. "Und selbst wenn es jemand glaubt... was dann? Panik? Chaos? Genau das, was die Unsichtbaren fürchten. Das würde ihnen nur den Vorwand liefern, noch härter zuzuschlagen. Den Überwachungsstaat zu perfektionieren. Und *wir*...

wir wären die Ersten, die sie zum Schweigen bringen. Permanenter." Veröffentlichung war kein Befreiungsschlag, sondern ein Todesurteil für sie und möglicherweise ein Katalysator für noch mehr Unterdrückung. Sinnlos. Tödlich.

Beide Optionen führten in den Abgrund oder in die Bedeutungslosigkeit. Die Diskussion trieb sie nicht zu einer Lösung, sondern zu einer erschütternden Gewissheit: Die Unsichtbaren wussten nun von *ihrem* Wissen. Sie waren nicht mehr nur lästige Jäger, die ein Artefakt suchten. Sie waren Zeugen der zentralen Wahrheit. Das machte sie zu einer existenziellen Bedrohung, wenn auch einer winzigen, in den Augen der uralten Wesen. Aber eine Bedrohung, die eliminiert werden würde. Die Jagd hatte eine neue, unheilvolle Qualität bekommen. Sie waren nicht mehr die Verfolger, sie waren die Gejagten in einem Spiel, dessen Regeln sie kaum verstanden und dessen Gegner unvorstellbar mächtig waren.

Bedrohung am Horizont: Die Welt als Fremdkörper

Die trügerische Ruhe in der Hütte wurde durch äußere Zeichen der anhaltenden Gefahr durchbrochen. Ben, dessen Sinne durch die Paranoia geschärft waren, kroch vorsichtig zum fensterlosen Eingang und spähte hinaus.

Im Nordosten, weit draußen über dem offenen Meer, hing eine unnatürlich dichte, schwarze Rauchwolke am Horizont. Sie stieg nicht senkrecht auf, sondern breitete sich wie ein fauliger Fleck aus. Die Überreste des Schiffes? Der Hubschrauber? Des Kampfes, der ihrer Flucht in die Unterwasserhöhle vorausgegangen war. Ein sichtbares Grabmal für die, die zurückgeblieben oder im Auftrag der Unsichtbaren gestorben waren. Ein Beweis, dass die Welt da draußen weiterging – und dass der Konflikt bis jetzt nicht beendet war.

Seine Augen suchten das Wasser ab. Und fanden es. Ein einzelnes, schlankes, graues Boot, das langsam, methodisch vor der Küste auf und ab fuhr. Zu weit entfernt, um Details zu erkennen, aber deutlich ein schnelles Patrouillenboot, kein Fischerkahn. Es suchte. Suchte Überlebende? Suchte *sie*? Es war ein winziger Punkt auf dem weiten Meer, aber seine bloße Präsenz war eine kalte Hand, die sich um Bens Herz legte. Sie waren nicht sicher. Sie waren nie sicher.

Es war kein konkreter Sinneseindruck. Kein Rascheln, kein Schatten. Es war eine Gänsehaut, die nicht vom kühlen Wind kam. Ein Gefühl von Schwere in der Luft, als würde etwas Unsichtbares über der Bucht schweben. Das Gefühl, das die Vögel in den Klippen zu still waren. Dass, das Rauschen des Meeres plötzlich lauter klang, um andere Geräusche zu übertönen. Es war die Paranoia, die sich in Gewissheit verwandelt hatte und nun ihre Umgebung vergiftete. Jeder Stein, jeder Busch konnte ein Auge verbergen. Das Wissen um die allgegenwärtige Kontrolle machte die Welt um sie herum zu einem potenziellen Feind.

Dann tauchten sie auf. Zuerst nur als winzige Punkte am anderen Ende der Bucht, weit entfernt. Dann erkennbar: ein Paar, vielleicht Mitte sechzig, in hellen Windjacken und Wanderschuhen. *Touristen*. Sie spazierten langsam am Strand entlang, hielten inne, um Muscheln aufzuheben oder aufs Meer zu blicken. Sie lachten über etwas, was einer von ihnen gesagt hatte. Die Normalität dieser Szene war erschütternd. Sie wirkte wie aus einer anderen Realität, gestanzt, künstlich. Wie konnten diese Menschen einfach spazieren gehen, Muscheln sammeln, lachen, während die Welt ein Gefängnis war, während uralte Wesen aus Schatten und Licht ihre Existenz manipulierten, während ein kosmischer Sturm heraufzog? Es war unfassbar. Es machte die Bucht, den Strand, die ganze Insel zu einem surrealen Filmset. Elara, die sich neben Ben geschoben hatte, flüsterte: "Sie haben keine Ahnung. Keine blasse Ahnung." Es klang nicht verächtlich, sondern fast neidvoll. Die Ignoranz erschien plötzlich wie ein unerreichbarer Segen. Die "normale" Welt war nicht ihre

Welt mehr. Sie war eine Fassade, hinter der das wahre Grauen lauerte. Und sie waren auf die falsche Seite der Kulisse geraten.

Entscheidung im Nichts: Die Haltung des Widerstands

Zurück in der Dunkelheit der Hütte, auf dem kalten Steinboden, mit dem Rauschen des Meeres als einziger Konstante, standen sie vor dem Nichts. Keine Flucht. Keine Veröffentlichung. Nur die erdrückende Gewissheit des Wissens und die unausweichliche Verfolgung. "Was tun wir, Ben?" Elaras Frage war kaum hörbar, erschöpft, aber nicht mehr verzweifelt. Es war die Frage nach einem Weg, nicht nach Rettung.

Ben starrte auf seine schmutzigen, zerschundenen Hände. Die Hände eines Mannes, der zu lange gejagt hatte und nun selbst zur Jagdbeute geworden war. Doch in dieser absoluten Hoffnungslosigkeit, in der Erkenntnis der vollständigen Sinnlosigkeit aller konventionellen Handlungen, entstand etwas anderes. Nicht Hoffnung. Nicht Optimismus. **Haltung.** "Wir geben nicht auf." Die Worte kamen langsam, gepresst, aber mit einer seltsamen Festigkeit. Es war keine heldenhafte Proklamation, sondern eine nüchterne Feststellung, wie das Akzeptieren der Schwerkraft.

Elara sah ihn an. In ihren Augen spiegelte sich nicht Faszination oder Entsetzen, sondern eine erschöpfte, aber ungebrochene Hartnäckigkeit. "Nein. Das tun wir nicht." Sie dachte an die Chronik, an die unermessliche Zeit, an die Manipulation, an die Angst der Unsichtbaren vor dem Chaos. "Aber wofür kämpfen wir? Für eine Welt, die sie kontrollieren? Für eine Freiheit, die es vielleicht nie gab?"

Ben schüttelte den Kopf. Ein winziges, schmerzhaftes Zucken. "Nein. Nicht für die Welt, wie sie ist." Er suchte nach den Worten, nach dem einzigen Ding, das ihnen geblieben war, das *real* war in dieser Illusion. "Wir kämpfen... für die Wahrheit. Die Wahrheit, die wir gesehen haben. Die Wahrheit, die sie fürchten." Es war ein winziger Funke in der Dunkelheit. Nicht die Wahrheit als abstraktes Konzept, sondern *ihre* Wahrheit. Das Wissen, das sie besaßen. Es war eine Waffe – eine winzige, fast lächerliche Waffe gegen solche Mächte, aber die Einzige, die sie hatten. Und es war ein Fluch – eine Bürde, die sie bis an ihr Ende tragen würden, die sie isolierte und zur Zielscheibe machte. Aber sie *besaßen* sie. Und in diesem Besitz lag eine Art trotzige Macht. Sie würden nicht vergessen. Sie würden nicht schweigen, auch wenn sie

nicht schreien konnten. Sie würden die Wahrheit weiter-
ertragen, nicht als Evangelium für die Massen, sondern
als inneres Feuer, als Grund für ihren eigenen, aussichtslosen Widerstand.

**Am Rande des Ozeans: Der letzte Dialog und das
Symbol**

Sie konnten nicht in der Hütte bleiben. Das Patrouillenboot, das Gefühl der Beobachtung – es trieb sie hinaus. Sie benötigten Wasser. Sie brauchten einen Weg,
die Insel zu verlassen, bevor das Netz enger gezogen
wurde. Mühsam, einander stützend, verließen sie die
dunkle Zuflucht und humpelten zurück an den Strand,
weg von der Bucht mit den Touristen, hin zu einem
einsameren Felsvorsprung, der direkt ins offene Meer
ragte.
Die Morgendämmerung war vorbei. Ein trübes, graues
Tageslicht lag über der Insel, das die Farben auswusch.
Vor ihnen erstreckte sich der Atlantik, endlos, mächtig,
in verschiedenen Schattierungen von Grau und Grün,
bis er am Horizont mit dem bleiernen Himmel verschmolz. Die Wellen brachen sich donnernd an den
Felsen unter ihnen, Gischt, stieg hoch und benetzte
ihre Gesichter mit feinem Salz. Das Rauschen war hier
allgegenwärtig, ein gewaltiger, permanenter Sound-

track ihrer Isolation und der unvorstellbaren Tiefe des Geheimnisses, das sie berührt hatten.

Sie standen Hand in Hand am äußersten Rand. Nicht eng umschlungen, sondern verbunden durch den Griff ihrer Finger, eine letzte physische Bestätigung ihrer Verbundenheit in dieser kollabierten Welt. Ihre Körper waren gezeichnet von den Strapazen, gebeugt von Schmerz und Erschöpfung, ihre Kleidung zerfetzt, ihre Gesichter hohl und aschfahl unter dem Schmutz. Sie wirkten wie Gestrandete am Ende der Welt.

Elara starrte auf das endlose Wasser, ihre Augen suchten nicht die Oberfläche, sondern die Tiefe darunter. Die Tiefe, die zu dem führte, was sie gesehen hatten. Die Tiefe, in der die Wahrheit verborgen lag. "Es ist..." Sie benötigte einen Moment, um die Stimme zu finden, die gegen das Rauschen des Meeres ankämpfen musste. "...so viel größer. Älter." Ihre Stimme war flach, voller Ehrfurcht und Resignation. "Sie waren immer da. Sind immer noch da." Es war keine Frage, sondern eine Bestätigung der erdrückenden Kontinuität. Die Unsichtbaren waren keine plötzliche Bedrohung; sie waren die konstante Grundlage, auf der alles andere ruhte.

Ben folgte ihrem Blick. Nicht in die Tiefe, sondern auf die grenzenlose Weite. Auf die scheinbare Leere, die doch voller verborgener Gefahren war – das Patrouillenboot irgendwo da draußen, die unsichtbaren Netze der Kontrolle, die über den Ozean gespannt waren. "Und jetzt wissen wir." Er presste ihre Hand fester. Seine Stimme war rau, aber klar. "Das ist unser Fluch..." Er spürte das Gewicht des Wissens, die ständige Angst, die unausweichliche Verfolgung. "...und vielleicht unsere einzige Waffe." Er meinte nicht nur die Information, sondern ihre Weigerung, zu vergessen oder zu kapitulieren. "Jeder wird weiter danach suchen. Jeder wird uns jagen." Der Schattenrat, die Agenten, vielleicht sogar die unsichtbaren Wesen selbst, wenn sie als relevant genug erachtet würden. Die Jagd war ewig.

Elara drehte langsam den Kopf und sah ihn an. Nicht mit Faszination oder Entsetzen, sondern mit einer Entschlossenheit, die aus der tiefsten Verzweiflung geschmiedet war. Ihre Augen, von Tränen und Gischt nass, funkelten mit einem kalten, harten Licht. Die Wissenschaftlerin, die Jägerin nach Wahrheit, hatte eine neue Bestimmung gefunden. "Dann jagen wir zurück." Die Worte waren leise, aber sie schnitten durch das Rauschen des Meeres wie ein Messer. "Nicht für die Welt, die sie kontrollieren..." Sie wandte ihren Blick wieder dem Ozean zu, diesem Symbol für das Unbekannte, das Unfassbare, das sie nur angekratzt hatten. "...sondern für die Wahrheit, die sie fürchten." Es war kein Schlachtruf. Es war ein Gelübde. Ein Gelübde zum Widerstand nicht aus Hoffnung auf Sieg, sondern aus der Weigerung, sich der Lüge zu beugen. Ein Gelübde, die Wahrheit, die sie zerstört hatte, als Banner ihres eigenen, aussichtslosen Kampfes weiterzutragen.

Sie standen so, Hand in Hand, am Rand des Rauschens. Zwei winzige Silhouetten gegen die unermessliche Weite des grauen Ozeans und des bleiernen Himmels. Gezeichnet. Zerschlagen. Mit einer Last, die kein Mensch tragen sollte. Aber aufrecht. Zumindest in diesem Moment. Vor ihnen lag nicht ein Weg, sondern ein Abgrund. Die Zukunft war ein gähnendes nichts, gefüllt mit Gefahr, Verfolgung und der alles verschlingenden Frage, wie man gegen Götter kämpft, die man nicht sieht. Das Meer rauschte. Es war das Geräusch des Vergessens, aber auch das Geräusch der Ewigkeit – und der unendlichen Jagd, die gerade erst begonnen hatte.

Epilog: Das Flüstern im Dunkeln

Die Luft schmeckte nach Salz und Verwesung. Nicht die frische, scharfe Gischt von Fuerteventura, sondern die träge, feuchte Brise einer anderen, namenlosen Küste. Hier, an der Nordspitze einer Insel, die auf keiner Touristenkarte verzeichnet war, wo Granit wie die Zähne eines uralten Monsters aus dem eisigen Wasser ragte und der Wind durch zerklüftete Schluchten heulte, hatten sie Zuflucht gefunden. Oder besser: einen temporären Unterschlupf. Ein verlassenes Wächterhaus aus der Zeit eines längst vergessenen Konfliktes, halb verfallen, mit blinden Fenstern und einer Tür, die sie mit Geröll und Treibholz verbarrikadiert hatten. Es war kein Zuhause. Es war ein Versteck. Ein Fuchsbau am Rande des Abgrunds.

Die Gezeichneten:

Wochen waren vergangen. Wochen der Flucht, der schmutzigen Geldtransaktionen mit falschen Namen, der nächtlichen Überfahrten in rostigen Kähnen, deren Besitzer keine Fragen stellten, solange das Geld stimmte. Wochen, in denen die unmittelbaren Wunden zu heilen begannen, während die tieferen, unsichtbaren Verstümmelungen nur umso deutlicher hervortraten.

Ben saß auf einem umgestürzten, moosbewachsenen Baumstamm vor der Hütte, den Blick auf das graugrüne, unruhige Meer gerichtet. Sein Bewegungsradius war noch eingeschränkt, jede tiefe Atmung zog einen stechenden Schmerz durch seine Brust. Die gebrochenen Rippen waren verheilt, aber nicht vergessen. Die Linien in seinem Gesicht hatten sich vertieft, eingegraben von Mangel an Schlaf und einer ständigen, wachsam angespannten Wachheit. Seine Augen, einst klar und fokussiert, waren nun Schlitze, die unablässig die Umgebung absuchten: den felsigen Strand, die tosende Brandung, den wolkenverhangenen Himmel. Paranoia war kein Zustand mehr; sie war sein Grundton. Er schlief in kurzen, unruhigen Schüben, jede ungewöhnliche Welle, jeder Vogelruf ließ ihn auffahren, die Hand unter das Kissen greifen, wo die rostige Pistole lag, die sie in einem Hafenloch erworben hatten. Sein altes Leben, seine Identität als Sicherheitsexperte – es fühlte sich an wie das Kostüm eines anderen. Jetzt war er nur noch ein gejagtes Tier, das wusste, dass die Jäger nicht menschlich waren. Aber sie benutzten Menschen. Und Menschen konnten sterben.

Im Inneren der Hütte, bei dem schwachen, flackernden Licht einer ölbetriebenen Sturmlaterne, arbeitete Elara. Ihre Beinverletzung war oberflächlich verheilt, hinterließ aber ein steifes Ziehen und eine bleierne

Müdigkeit, die selbst nach Stunden des Sitzens nicht wich. Doch ihr Geist brannte. Vor ihr, auf einem wackeligen Tisch aus Treibholz, lagen Dutzende Blätter groben, gelblichen Papiers, beschrieben, mit engen, hastigen Schriftzügen und übersät mit Zeichnungen. Keine klaren Bilder – die Chronik hatte sich nicht in linearen Erinnerungen offenbart. Sondern Fragmente. **Symbole**, die sich ihr eingebrannt hatten: komplexe, nicht euklidische Geometrien, die sich selbst zu widersprechen schienen; fließende Muster aus Licht und Dunkelheit, die wie fraktale Flammen tanzten; Glyphen, die wie eine Kreuzung aus kristallinen Strukturen und organischen Formen aussahen. Sie zeichnete sie immer wieder, bis ihre Hand krampfte, in der verzweifelten Hoffnung, durch die Wiederholung eine Bedeutung zu entschlüsseln, ein Muster zu erkennen, das ihnen einen Hinweis gab. Worauf? Auf die Schwäche der Unsichtbaren? Auf den Mechanismus des kosmischen Resets? Sie wusste es nicht. Es war wie der Versuch, den Bauplan eines Schwarzen Loches mit Kinderbausteinen nachzubilden.

Daneben lagen ihre **Notizen**. Stichworte, Bruchstücke von Sätzen, die versuchten, das Unbeschreibliche einzufangen:

* *"Zeit nicht linear – Schleifen, Schichten...
Palimpsest..."*

* *"Licht-Schatten-Wesen: keine Form, Zustand? Energiebewusstsein?"*

* *"Atlantis: nicht Hybris. Unabhängigkeit. Vernichtung als Warnung."*

* *"Reset-Zyklus: Chaos = Veränderung = Gefahr für Kontrollmatrix."*

* *"Religionen: Archetypen implantiert. Schuld & Gehorsam."*

* *"Geld: Kontrollkette. Schuld als System."*

* *"Schattenrat: Interface. Marionetten. Zielscheibe?"*

* *"Sie fürchten das Chaos. Sie fürchten *uns*? Nein. Fürchten unser *Wissen*."*

Jede Notiz war ein Kampf. Jedes Wort fühlte sich unzureichend an, eine Verzerrung der überwältigenden Wahrheit, die sie erlebt hatten. Ihr wissenschaftlicher Geist, ihr Drang zur Systematisierung, stieß immer wieder gegen die Mauer des Unfassbaren. Die Chronik war kein Lehrbuch gewesen; sie war eine Überflutung der Sinne und der Seele. Die Erinnerung daran war kein klares Bild, sondern ein Gefühl – ein Gefühl von unermesslichem Alter, von kalter, berechnender Macht und von einer bevorstehenden, alles verändernden Woge. Manchmal, mitten in der Arbeit, überkam sie eine solche Welle der Absurdität, dass sie das Blatt zerknüllen und hinaus in den eisigen Wind rennen wollte. Was erhoffte sie sich? Dass sie das Rad des Universums neu erfinden könnten? Mit Stift und Papier? Doch sie gab nicht auf. Die Suche nach Verständnis, auch wenn sie aussichtslos war, war ihr Widerstand. Es war das Kratzen an der Gefängnismauer mit einem Löffel.

Die Arbeit des Überlebens:

Ihr Dasein war ein Rhythmus aus Notwendigkeiten, die über das bloße Atmen hinausgingen:

1. **Aufzeichnen:** Die Stunden am Tisch, das Kritzeln von Symbolen, das Wühlen in der schmerzhaften Erinnerung nach Details der Chronik. Es war keine systematische Forschung, sondern ein verzweifeltes Bergen von Wrackteilen aus den Tiefen ihres Gedächtnisses.

2. **Analysieren:** Stumme Gespräche über die Symbole. Versuche, Verbindungen herzustellen zu Bruchstücken aus Elaras archäologischem Wissen oder Bens Erfahrungen mit Sicherheitssystemen und menschlichen Abgründen. Meist endeten sie in frustriertem Schweigen. Die Symbole widerstanden der Interpretation. Sie *lebten* fast, veränderten sich in der Wahrnehmung. Was gestern wie ein Tor aussah, ähnelte heute einer explodierenden Sonne.

3. **Trainieren:** Ben zwang sie beide. Jeden Tag. Leichte Dehnübungen für seine Rippen, Kräftigungsübungen für Elaras Bein. Dann das andere: Schattenboxen in der engen Hütte, Übungen zur Stille beim Bewegen über das knarrende Holz und den steinigen Boden draußen, das wiederholte Zerlegen und Zusammensetzen der rostigen Pistole bei fast völliger Dunkelheit. Es war kein Training für den Sieg. Es war Training für die Flucht. Für den nächsten Kampf, den sie nicht gewinnen konnten, nur überleben. Jede Bewegung war von Schmerz und Erschöpfung begleitet, aber auch von einer eisernen Entschlossenheit. Sie würden nicht wehrlos sein. Nicht wieder.

4. **Warten:** Das war die schwerste Arbeit. Das Warten auf das Unvermeidliche. Auf das Boot am Horizont. Auf das Geräusch eines Motors, der nicht zum

Fischer gehörte. Auf den Schritt im Dunkeln, der zu laut war. Das Warten schärfte die Sinne bis zum Zerreißen und fraß gleichzeitig an den Nerven. Es war ein permanentes Lauschen.

5. **Lauschen:** Und das war der Kern ihres Daseins geworden. Das **Flüstern im Dunkeln**.

Das Flüstern:

Das Rauschen des Meeres hatte sich verändert. Es war nicht mehr nur das monotone, beruhigende (oder bedrohliche) Hintergrundgeräusch von Fuerteventura. Hier, in dieser schroffen Einsamkeit, klang es anders. **Älter.** tiefgründiger. Es war, als würde das Meer nicht nur Wasser bewegen, sondern Erinnerungen. Die Erinnerungen der Erde aus Zyklen, die vor der Menschheit lagen. Das Rauschen hatte Nuancen bekommen: ein tiefes, dröhnendes Grollen wie das Knirschen tektonischer Platten; ein scharfes Zischen wie das Verlöschen ganzer Spezies; ein leises, unablässiges Murmeln, das an Stimmen erinnerte. **Stimmen, die keinem menschlichen Kehlkopf entstammten.**
Es war das Flüstern aus dem Titel. Nicht laut. Nicht bedrohlich direkt. Aber allgegenwärtig. Unerbittlich. Es drang durch die Ritzen der Hütte, mischte sich mit dem Heulen des Windes, überlagerte selbst das Knis-

tern ihres kleinen Feuers. Es war das Echo der Chronik. Das Echo der **Unsichtbaren**.

Manchmal, wenn die Nacht am schwärzesten war und der Wind für einen Moment erstarb, glaubte Ben, Muster im Rauschen zu hören. Rhythmen, die keine natürlichen Wellen erzeugten. Elara, über ihren Symbolen, hob den Kopf und starrte in die Dunkelheit, überzeugt, dass die fließenden Linien auf dem Papier für einen Moment im Takt des Meeres zu pulsieren begannen. War es Einbildung? Die Folge von Erschöpfung und Trauma? Oder war es die **lauernde Präsenz**? Die unvorstellbaren Wesen, die nicht hier *waren*, aber deren Einfluss, deren Aufmerksamkeit, wie ein unsichtbares Netz über dem Planeten lag? Das Meer, dieses Ur-Symbol des Unbekannten, war zu ihrem Ohr geworden. Und es flüsterte von der unermesslichen Macht, die sie gesehen hatten, und von der Tatsache, dass sie *gesehen* worden waren.

Der Blick:
Ben drehte sich langsam vom Meer weg. Sein Blick fiel durch die offene Tür der Hütte auf Elara, die im schwachen Laternenlicht über ihren Papieren saß, die Stirn in Falten konzentrierter Verzweiflung. Ihr Haar war stumpf, ihre Haut wachsbleich, die Schatten unter ihren Augen tiefe Täler. Sie sah aus, als trage sie die Last von Äonen.

In diesem Moment hob auch sie den Kopf. Ihre Augen trafen sich. Kein Lächeln. Keine zärtliche Geste. Nur ein langer, tiefgründiger Blick. In ihm lag alles, die Erschöpfung, die knöcherne Angst, die Frustration der Unwissenheit, die nagende Paranoia. Aber auch etwas anderes. Etwas Unzerstörbares. Die **Entschlossenheit**, die sie am Strand von Fuerteventura geschmiedet hatten. Die Weigerung, zu kapitulieren. Die Bereitschaft, weiter zu kratzen, weiterzukämpfen, weiter zu jagen – nicht für einen Sieg, den es nicht geben konnte, sondern für die Wahrheit selbst. Als Waffe. Als Fluch. Als Banner.

In diesem Blick lag keine Liebe im romantischen Sinne. Es war die Verbundenheit zweier Schiffbrüchiger auf einem eisigen Ozean, die wussten, dass sie nur zusammen untergehen oder vielleicht, gegen jede Wahrscheinlichkeit, noch einen weiteren Tag überleben würden. Es war das stumme Wissen, das die Jagd längst begonnen hatte. Auf beiden Seiten. Sie jagten nach Bruchstücken der Wahrheit, nach einem Verständnis, nach einem Weg, den Fluch in eine Waffe zu verwandeln. Und die Unsichtbaren? Sie jagten nach dem Funken der Erkenntnis, den sie in sich trugen. Um ihn auszulöschen.

Kein Wort war nötig. Der Blick sagte alles. Sie wandten sich wieder ihren Aufgaben zu. Ben zum Meer, seine wachen Augen in die Dämmerung starrend. Elara zu den Symbolen, die im flackernden Licht tanzten und ihr nichts als Rätsel preisgaben. Das Flüstern des Meeres umfing sie, ein Chor aus Zeit und Dunkelheit.

Letzter Satz:

Das Meer rauschte weiter, als hätte es alle Geheimnisse schon immer gekannt – und würde sie für immer bewahren, während das Flüstern im Dunkeln leiser, unerbittlicher wurde.

Erstellung und Gestaltung wurden mithilfe von WriteControl vorgenommen